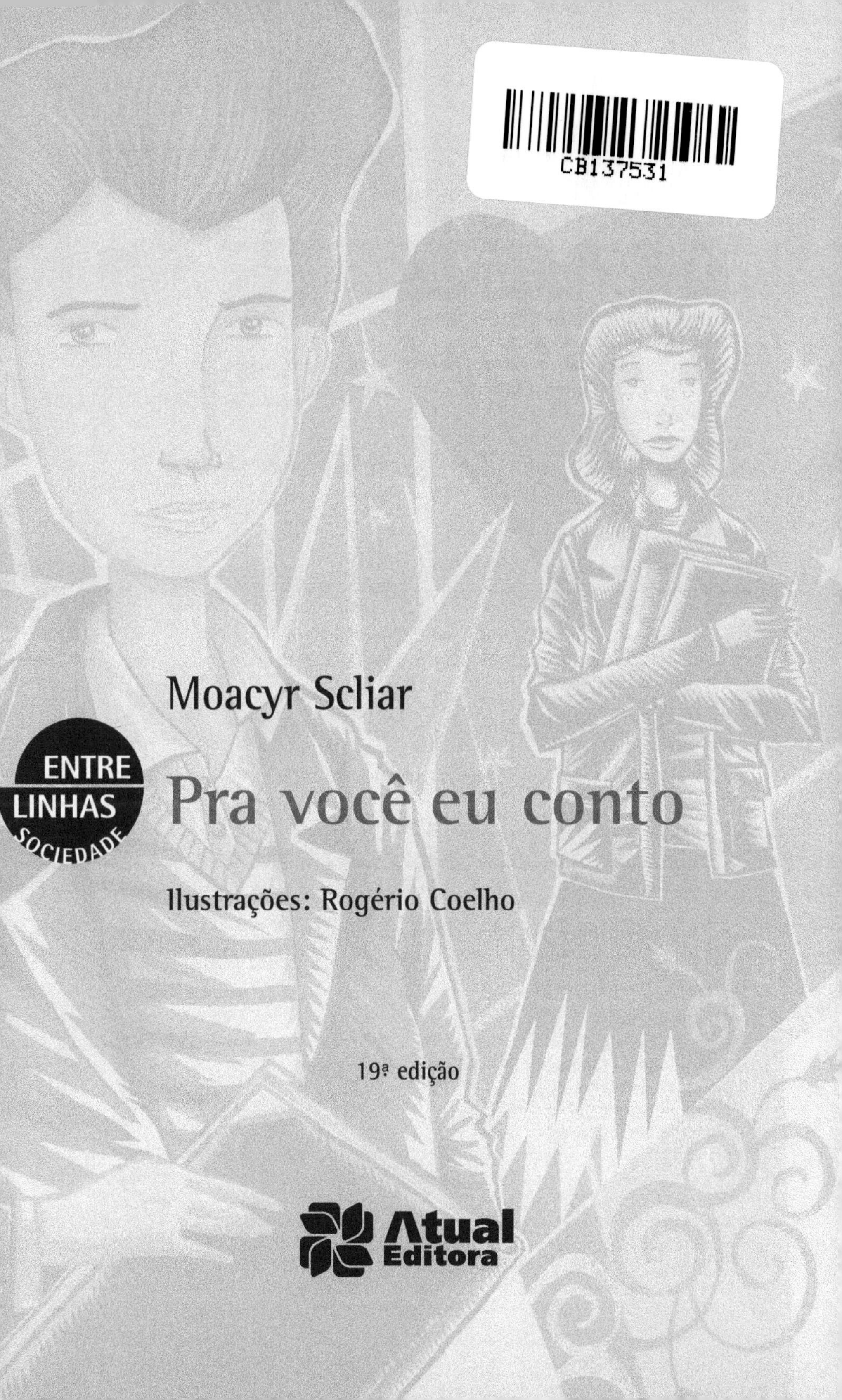

Moacyr Scliar

ENTRE LINHAS SOCIEDADE

Pra você eu conto

Ilustrações: Rogério Coelho

19ª edição

Atual Editora

Série Entre Linhas

Gerente editorial • Rogério Gastaldo
Assistentes editoriais • Jacqueline F. de Barros / Kandy Sgarbi Saraiva
Preparação de texto • Kandy Sgarbi Saraiva
Revisão • Pedro Cunha Jr. e Lilian Semenichin (coords.) / Alexandra Costa
Denise Ceron / Ana Carolina Netto
Gerente de arte • Nair de Medeiros Barbosa
Supervisão de arte • Marco Aurélio Sismotto
Diagramação • Selma Caparroz
Projeto gráfico de capa e miolo • Homem de Melo & Troia Design
Produtor gráfico • Rogério Strelciuc
Coordenação eletrônica • Silvia Regina E. Almeida
Consultoria editorial • Vivina de Assis Viana
Suplemento de leitura e projeto de trabalho interdisciplinar • Isabel Cabral

Dados Internacionais de Catalogação na Publicação (CIP)
(Câmara Brasileira do Livro, SP, Brasil)

Scliar, Moacyr
Pra você eu conto / Moacyr Scliar; ilustrações Rogério Coelho. – 19. ed. reform. – São Paulo : Atual, 2008. – (Entre Linhas : Sociedade)

ISBN 978-85-357-0873-8

1. Literatura infantojuvenil I. Coelho, Rogério. II. Título. III. Série.

07-10537 CDD-028.5

Índices para catálogo sistemático:

1. Literatura infantojuvenil 028.5
2. Literatura juvenil 028.5

Saraiva Educação S.A.
Avenida das Nações Unidas, 7221 – Pinheiros
CEP 05425-902 – São Paulo – SP – Tel.: (0xx11) 4003-3061
www.coletivoleitor.com.br
atendimento@aticascipione.com.br

10ª tiragem / 2023
CL: 810516
CAE: 602582

Sumário

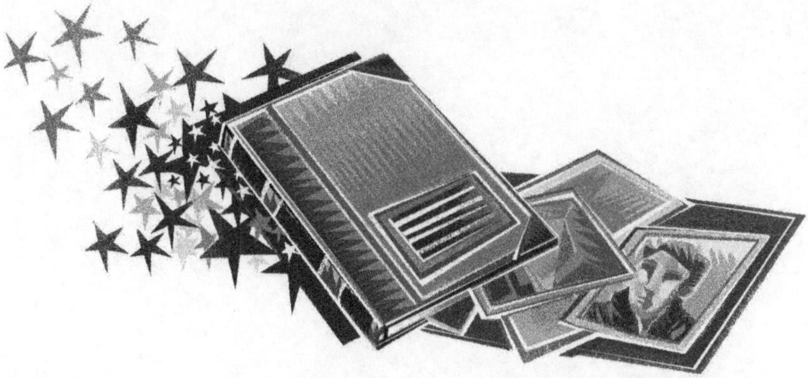

A nova professora

Esses dias, no nosso grupo de bocha, ficamos recordando os tempos de colégio. Você sabe, Chico, que depois de uma certa idade as pessoas gostam de lembrar o passado; em geral são as coisas boas que nos vêm à mente, os momentos agradáveis. Falávamos de nossos professores; todos tinham uma história a contar, eu tinha um professor que era assim, eu tinha uma professora que era assado. "E você, Juca?" – me perguntaram. – "Não tem nada para contar?" Porque eu estava quieto, Chico; quieto, todo o tempo. Sou muito conversador, você sabe, mas nesse dia eu estava quieto.

– Não – respondi. – Não lembro nada interessante.

Mentira. Eu tinha, sim, algo a contar. Mas não o faria. Porque não queria chorar na frente deles, sabe, Chico? Ainda sou daquele tempo em que se dizia "homem não chora". Homem

– e gaúcho, ainda por cima! – chorando? Nunca. Eu não daria tal vexame. Pra você eu conto, Chico. Porque você é meu neto, e esta é uma história que a gente conta para netos. Quero falar a você da primeira mulher que eu amei. Marta. A minha professora de História.

Eu tinha sua idade, Chico: catorze anos. E era assim como você: magro, desengonçado. Tímido. Mais tímido do que você, até. Meu Deus, como eu era tímido! Não conseguia sequer me aproximar de uma garota: ficava vermelho, começava a gaguejar. Meus amigos debochavam de mim, e o resultado é que eu me sentia ainda pior. Com vontade de morrer, às vezes. Palavra.

De minha família também não podia esperar muito apoio. Eu era o mais moço de quatro irmãos; morávamos (seria melhor dizer: nos empilhávamos) numa casinha da Cidade Baixa. Nos fundos, ficava a oficina de meu pai, que era marceneiro. Não muito bem-sucedido, devo dizer. Seu trabalho se resumia a consertar cadeiras quebradas, armários velhos, coisas assim. Ganhava pouco... E bebia muito. Mãe, não conheci; morreu quando eu era bem pequeno. Com a ajuda de uma vizinha, eles foram me criando.

Vivíamos em dificuldades financeiras. Meus irmãos trabalhavam; mas não com meu pai, a quem detestavam. Um era ajudante de pintor; outro, cobrador de bonde; o terceiro, operário na construção civil. O que ganhavam mal dava para sustentar a casa, porque meu pai era um homem doente – nervos – e gastávamos quase tudo com médicos e remédios. Nesta situação, você pode imaginar que a mim cabia uma responsabilidade toda especial. Eu era o único que estudava; o único que, como diziam meus irmãos, podia chegar a ser alguma coisa na vida. Eles pagavam o colégio, o material escolar, tudo; mas queriam resultados. Todo fim de mês eu tinha de lhes mostrar o boletim e explicar as notas baixas.

Que não eram raras. Ai, não eram raras. Para algumas coisas, Matemática, por exemplo, eu tinha uma dificuldade natural; nunca me dei bem com os números. Raiz quadrada, por exemplo, era um mistério completo para mim. O teorema de Pitágoras? Um enigma. Eu fazia e refazia os cálculos e as operações dez vezes, vinte vezes. Sempre num clima de ansiedade: preciso me sair bem nos estudos, porque a minha gente está fazendo sacrifícios e devo a eles essa satisfação. Ai, Deus, eu me sentia mal. Como me sentia mal. Muitas vezes, de noite, eu chorava, enterrando a cabeça no travesseiro para que meus irmãos – dormíamos todos no mesmo quarto – não me ouvissem.

Consolo eu encontrava numas poucas coisas. Na pequena horta que cultivava ao lado da oficina do meu pai (e na qual ele, quando bêbedo, frequentemente pisava). Ouvia rádio, porque televisão não existia e eu era muito pobre para ir ao cinema. Meu herói predileto chamava-se *O Vingador*; era um cavaleiro mascarado que surgia de algum lugar desconhecido, sempre acompanhado de seu fiel ajudante, um índio chamado Calunga ("Calunga segue Vingador até a morte") num instante liquidava os bandidos e salvava a mocinha.

Sim, Vingador, e Calunga, e as viçosas alfaces – mas a vida não era aquilo. A vida era a bebedeira do meu pai, as brigas com meus irmãos, e a raiz quadrada. A vida era o colégio.

Que eu detestava. Era um colégio grande; funcionava num prédio antigo, já muito deteriorado, no Alto da Bronze, não longe do centro de Porto Alegre. Pertencia ao herdeiro de uma rica e tradicional família do Estado; mas este homem, já cinquentão, não se interessava pelo ensino. O diretor, um senhor grande e gordo, era quem administrava o estabelecimento – com mão de ferro. Bem de acordo com a época, aliás; o ano era 1937, disciplina era a palavra de ordem. Uma vez por ano, no Sete de Setembro, desfilávamos, junto com outras escolas, pelas ruas da cidade. No calendário escolar esta era a data máxima. O próprio diretor cuidava de todos os detalhes, desde os uniformes até as músicas que a banda tocava; queria dar, ao público e principalmente às autoridades, uma imagem de perfeita organização. Três meses antes já estávamos ensaiando para o desfile, marchando cinco, dez quilômetros por dia. Um horror.

Não, eu não gostava do colégio. Nas aulas, o tempo não passava nunca. Eu ansiava pelo recreio; e ansiava pelo fim do dia; e ansiava pelo fim de semana. No domingo podia ir para o fundo do quintal e lá ficava, cuidando da horta, e devaneando.

Porque eu sonhava, sim... Com uma vida melhor, principalmente: uma boa casa, confortável. Um quarto só para mim. Cinema quando eu quisesse. Revistas em quadrinhos. E com moças? – você perguntará.

Sim. Com moças... sim. Eu tinha uma vizinha... Diana... Treze anos, e muito bonita... Mas não era nela que eu pensava, nem em Greta Garbo, cujo retrato, recortado de uma revista, eu guardava debaixo do colchão. Mas quem era, então, a moça de meus sonhos? Eu não sabia, e aquilo me dava uma angústia, mas não era uma coisa ruim, não sei se você me entende; era uma angústia boa, uma angústia que me arrancava, bem do fundo do peito, um suspiro. Eu suspirava muito, em 1937. Eu suspirava muito, aos catorze anos. Era por alguém que eu suspirava; mas quem? Quem?

Finalmente descobri.

•

Foi numa segunda-feira. Cheguei ao colégio, como de costume, de mau humor – mas uma notícia me esperava. Tínhamos uma nova professora de História. Marta era seu nome.

– Louca de matar – disse Jerônimo. Ele era o terror do colégio; o terror dos professores, especialmente. Não respeitava ninguém, não estudava, não fazia os temas. Mas sempre passava de ano. Era de uma família importante, fazendeiros ligados a Getúlio Vargas. E estava informado de tudo. Deu-nos a ficha da professora: mulher meio avoada, que não ficava em colégio nenhum.

— Vamos nos divertir — acrescentou, esfregando as mãos.

Fomos para a sala de aula em meio a uma excitante expectativa. Quanto a mim, estava inquieto; pressentia que algo muito estranho e muito perturbador estava para acontecer. Mas nada disse, obviamente. Eu não gostava do Jerônimo, recusava-me a fazer parte de seu grupo.

Ficamos aguardando. Pouco tempo depois entrou o diretor, seguido de Marta.

Não era bonita. Isso digo agora, que o tempo passou e meus olhos perderam a capacidade de mirar com encanto e fascínio o mundo, agora que a realidade, tantas vezes frustrante, a mim se impôs: não, não era bonita. Os traços eram marcados demais; a boca um pouco grande. Tinha sardas — e era ruiva. Tão ruiva era a sua cabeleira que chegava a surpreender (já naquele dia Jerônimo a apelidaria de "Marta Fogareiro", uma alcunha que logo pegou), aquela juba de reflexos vermelhos.

Apesar de tudo isso, ou por causa de tudo isso, eu me apaixonei. Completamente. Perdidamente. Tão intensa era a emoção que eu experimentava que temi desmaiar. Mas não desmaiei — ao contrário, uma súbita onda de júbilo me envolveu, eu estava amando, que coisa linda, no meio daqueles tolos eu era o único que estava amando, o único a quem o amor tocara. Meu Deus. Meu Deus.

— Quero apresentar a vocês a nova professora de História, a dona Marta — disse o diretor. Visivelmente contrariado. Marta não era o tipo de pessoa que ele apreciava; contratara-a apenas porque não havia outro professor disponível no momento. De modo que resmungou alguma coisa sobre a necessidade de os alunos respeitarem a mestra, desejou-lhe êxito no trabalho e saiu.

E ali ficamos. Jerônimo e seus amigos (sentavam todos juntos) pareciam feras antegozando o prazer de atacar a vítima. Vítima: por um instante foi a imagem que ela nos deu, uma professora muito jovem, inexperiente, enfrentando pela primeira vez uma classe. Mas foi só um momento. Em seguida se empertigou, assumiu um ar digno e disse, com voz firme:

– Muito bem. Vamos começar então o nosso curso de História. Três aulas por semana; veremos, como vocês sabem, História Geral. E então...

Deteve-se, olhou-nos atentamente. Já agora não havia o menor sinal de temor em seu rosto; ao contrário, e porque se empolgava facilmente (como depois eu descobriria – ah, e como eu o descobriria), sua face resplandecia. E então voltou-se para mim. Exatamente: para mim.

De novo: pensei que ia desmaiar. Tentei esconder-me atrás do colega que sentava à minha frente (para meu azar, um rapaz tão baixinho que era conhecido como Pigmeu), mas não deu tempo.

– Você. Como é seu nome?

– Eu?

Vermelho como um tomate, vermelho como um pimentão, vermelho como o que você quiser, vermelho, vermelho, as orelhas ardendo...

– Você, sim. Como é seu nome?

– O meu nome?

Todo mundo rindo, à socapa. E tinham razão para rir, por Deus! Tinham toda a razão para rir.

– É José, mas me chamam de Juca...

A gargalhada foi geral. *Silêncio*, bradou ela; impaciente, agora. Voltou-se de novo para mim:

– Muito bem, Juca. Você prefere que eu o chame assim? Juca. Muito bem. Então diga, Juca: você acha importante estudar História?

Por aquela eu não esperava, juro que não esperava. O professor de Matemática nunca nos fizera uma pergunta daquele tipo. Nem a professora de Português nem a de Ciências. Professor algum pedia a nossa opinião: a gente estava ali para estudar, para passar nos exames – e pronto.

– Se é importante?

– É. Você acha que é importante?

– Deve ser – balbuciei. – Afinal, se a senhora está aqui, por alguma razão deve ser...

A gargalhada foi geral. Jerônimo, então, uivava, deliciado. E eu ali, de pé, como um condenado, querendo sumir, querendo morrer – Deus, que vergonha. Que vergonha.

De novo ela exigiu silêncio. Fez-me sentar com um gesto (mas acompanhou esse gesto com um sorriso, e como era meigo o seu sorriso; meigo, e um pouco triste, e um pouco irônico... O sorriso me acompanharia pelos anos afora). E então começou a falar sobre a História, sobre a longa marcha do homem através dos tempos; sobre reis e súditos, senhores e escravos, sobre deuses e templos e palácios e castelos; sobre navios cruzando o oceano e trens atravessando continentes... Escutávamos em silêncio. Mesmo Jerônimo e o seu bando; sorriam, desdenhosos, mas escutavam. Nunca tivéramos uma professora assim. Os outros professores vinham, desincumbiam-se da tarefa, com maior ou menor entusiasmo (em geral menor) – e era aquilo. Marta, não. Marta acreditava no que fazia; História era para ela – o quê? – a sua vida.

•

E foi assim que tudo começou. Naquele dia, depois das aulas, que terminavam à tarde, não voltei para casa. Ainda sob o impacto de tantas emoções, vagueei sem rumo certo pelas ruelas da Cidade Baixa. Parecia-me diferente, aquele cenário tão conhecido; as velhas mansões, os prédios públicos, as casinhas acachapadas, tudo aquilo falava de algo, narrava uma história – a História da qual a Marta falara. Céus, eu estava tão apaixonado que queria ver o mundo através dos olhos dela!

Anoitecia quando cheguei em casa. Meu pai me aguardava, furioso; quis saber por onde eu tinha andado, chamou-me de vagabundo. Discutimos, eu não quis nem jantar; atirei-me na cama, vestido como estava, e chorei, chorei. Até adormecer.

A professora como lutadora

E então?

Então... Mas não é muito o que pode fazer um aluno apaixonado pela professora de História, não é verdade, Chico? Não pode se aproximar dela e dizer "professora, eu amo você", ou coisa no estilo. Em silêncio, eu curtia a minha paixão. Devorava-a com os olhos, bebia suas palavras – mas era só.

Até que o acaso (ou seja lá o nome que você quiser dar a isso, ao imponderável em nossas vidas) resolveu intervir.

Foi numa quarta-feira. Terminadas as aulas, e já a caminho de casa, dei-me conta de que tinha esquecido um caderno e voltei para buscá-lo.

(Mas há mesmo acaso? Teria sido por acaso que eu esquecera o caderno?)

O colégio estava vazio; apenas a servente estava ali, varrendo o corredor. Expliquei o motivo do meu retorno; olhava-me, desconfiada; por fim me deixou passar. Fui até a sala de aula, mas não cheguei a entrar. Ouvi vozes; uma discussão: o diretor, sua assistente, a professora Palmira, e a Marta. Aparentemente era uma coisa séria, porque o diretor estava muito exaltado:

– Estou lhe dizendo, dona Marta: é a primeira e última vez que isto acontece. Não permitirei que a senhora me crie problemas com o governo, entendeu? Não permitirei. E até amanhã.

Corri a esconder-me num desvão. O diretor e a professora Palmira passaram por mim, mas não me viram. Ele ia indignado:

– Pouca vergonha! Mas eu dou um jeito nessa mulher, ah, dou!

Esperei mais um pouco. Indeciso: deveria entrar na sala de aula e encontrar Marta? Não seria melhor aguardar que ela se fosse também? Num súbito impulso (mas o que me moveu a isso? O quê? Bem que eu gostaria de saber) abri a porta e entrei.

Não deu logo por minha presença. Porque estava chorando. Sentada à mesa, a cabeça entre as mãos, chorava convulsivamente. Fiquei ali, sem saber o que fazer – deveria apanhar o caderno e ir embora? Sair silenciosamente, mesmo sem o caderno? – até que ela, erguendo a cabeça, me viu. Sobressaltada, enxugou rapidamente as lágrimas, tentou aparentar naturalidade:

– Ah, é você, Juca. O que houve? Posso ajudar em alguma coisa?

– Vim só pegar uma coisa que esqueci – gaguejei, todo atrapalhado. – Meu caderno. A senhora dá licença?

– Claro. Fique à vontade.

Fui até a carteira, apanhei o caderno. E já ia me esgueirar para fora, quando ela me chamou:

– Venha cá, Juca.

Embaraçado, aproximei-me.

– Você deve estar se perguntando por que estou chorando.

Não respondi. Ela enxugou as lágrimas, suspirou.

– Tive uma briga com o diretor, Juca. Uma briga séria. Nem sei se continuarei dando aula para vocês. Foi muito feio.

Sacudiu a cabeça (lampejos vermelhos na cabeleira), desgostosa:

– Esse homem é um cretino, Juca. Eu não deveria lhe dizer isso, é contra a ética, mas é verdade: ele não passa de um lacaio. Ameaçou-me com punições, com demissão, até. E sabe por quê? Porque eu assinei um manifesto. A favor da democracia e contra o nazismo.

Manifesto? Eu nem sabia o que era aquilo. Democracia, sim; uma coisa ruim, segundo o meu pai; os brasileiros precisavam de um governo que os botasse na linha. Quanto ao nazismo... Sim, eu ouvira falar, mas para mim era um problema da Europa. E a Europa ficava longe.

– Você deve achar tudo isto uma bobagem – ela disse, como que adivinhando meu pensamento. – Coisas da política, coisas que não interessam. É isso que você acha?

Não me atrevia a responder; estava ali imóvel, sem saber o que dizer. Ela percebeu o meu embaraço, sorriu:

– Está certo, Juca. Na sua idade, eu não era diferente. Mas aprendi, Juca. Aprendi à minha própria custa. Uma longa história... Que explica, inclusive, o fato de eu ter me tornado professora. Quero que vocês, meus alunos, não repitam os erros que são cometidos neste país.

Não, eu não estava entendendo nada mesmo. Ela levantou-se, foi até o mapa-múndi pendurado na parede.

– Isto é a Alemanha. Aqui é onde está Hitler. Ele tem tropas aqui... e aqui... e aqui. Os nazistas querem dominar o mundo, Juca. É preciso fazer alguma coisa, você não acha?

– Acho.

Na verdade, eu mal escutava o que ela estava dizendo; olhava-a, apenas. E, por fim, ficaria ali para sempre, adorando-a em silêncio. Não sei se ela percebeu algo, se caiu em si; olhou o relógio, disse que era tarde, que precisava voltar para casa. E então me deu uma coisa, uma espécie de loucura, e, antes que pudesse me controlar, eu já estava perguntando:

– Posso acompanhá-la até sua casa?

Olhou-me, surpresa – e, acho, um pouco desconfiada. O que me deu um verdadeiro pânico: eu, acompanhá-la até em casa? Mas quem era eu?

– É que já está escuro...

Riu:

– Verdade. Está escuro. Não tenho medo do escuro, Juca. Não é do escuro que tenho medo... Mas aceito sua oferta. Será um prazer ter sua companhia.

Apanhou suas coisas e saímos – sob o olhar suspeitoso da servente. Observava tudo, aquela mulher; diziam que era espiã do diretor, e disso tinha cara. Que espionasse, então. Eu ia tão feliz, com Marta, que a mim não importava.

Fomos caminhando. Porto Alegre era uma cidade pequena naquela época, tudo era perto. E Marta morava no centro. Ainda propus tomarmos um bonde, mas ela disse que não: preferia caminhar. E fomos andando, devagar, e conversando. Melhor dito, ela falando e eu escutando.

E quanta coisa falou, Chico! Quanta coisa! Era como se a comporta de uma represa se tivesse aberto. Ela dava vazão a sentimentos longamente reprimidos, a emoções que decerto não pudera externar. Porque não tinha amigos, confessou. Nem amigos, nem parentes, nem namorado, ninguém. Vivia sozinha com a mãe, mulher ainda jovem, mas a quem um derrame cerebral deixara imobilizada e muda.

E, contudo, acreditava. Acreditava num mundo melhor e mais justo; acreditava que a História tinha um sentido, que era o caminho do progresso e do aperfeiçoamento do ser humano (estava tão entusiasmada, enquanto dizia essas coisas, gesticulava tanto, que as pessoas se viravam para olhá-la. Ninguém conhecido, felizmente). E tinha modelos nos quais se mirava: Rosa Luxemburgo, Olga Benário.

– Mulheres notáveis, Juca – disse Marta, a voz vibrando de entusiasmo. – Mulheres notáveis.

Rosa Luxemburgo. Nascida na Polônia, emigrou para a Alemanha a fim de lá desenvolver suas atividades revolucionárias. Editou jornais socialistas, fundou a Liga Spartacus – Spartacus eu sabia quem era, Marta nos contara em aula a história da rebelião de escravos que ele chefiara –, foi presa e assassinada pela polícia. Rosa, a Vermelha – grande mulher! E também Olga Benário, a mulher de Prestes – mas, espera um pouco, Prestes não era comunista? Meu pai tinha horror aos comunistas: "eles vão nos tirar tudo, Juca, vão nos obrigar a dividir a casa com bandidos e vagabundos". A nossa casa? A nossa minúscula casa? Aliás, Getúlio tinha expulsado a Olga Benário – disso eu sabia.

– A senhora é comunista? – perguntei, tomado de súbita suspeição.

Deteve-se; detive-me também; mirou-me com aqueles grandes olhos esverdeados (linda, linda):

– Não. Não sou comunista. E não precisa me chamar de senhora. Fale comigo como você fala com seus amigos.

– Sim, senhora.

– "Sim, senhora", não. Sim, Marta.

– Sim... Marta. – Sorri, embaraçado. Ela sorriu também:

– Isto. Agora está melhor.

Estávamos agora bem no centro. Ela apontou um bar:

– Vamos até lá. Quero mostrar uma coisa a você.

Surpreso, acompanhei-a. Era um lugar relativamente pequeno, decorado ao estilo bávaro. Todas as mesas estavam desocupadas, exceto uma grande, ao fundo. Ali estavam uns vinte homens, tomando chope e falando em voz baixa.

— São os nazistas — ela cochichou.

— Nazistas?

Nesse momento, o garçom, um homenzarrão calvo, de aparência feroz, nos avistou. E veio célere em nossa direção:

— Desejam alguma coisa? — perguntou, num vozeirão que fez estremecer as vidraças.

— Vamos embora — cochichei, nervoso, mas Marta segurou-me pelo braço:

— Calma, Juca. Não fizemos nada de errado. — E, para o garçom: — Não, senhor, não queremos nada, estamos só olhando.

— Aqui não tem nada para ver — disse ele, ameaçador. — Este é um bar para cavalheiros, para homens. Retirem-se.

— Vamos, Juca. Parece que o pessoal aqui não é muito acolhedor.

E nos fomos, eu ainda assustado com o incidente. E incrédulo: nazistas em Porto Alegre? Os nazistas de Hitler?

— Você não acredita? — disse ela. Tomou-me pelo braço: — Venha, vamos até a minha casa. É ali, dobrando a esquina. Quero mostrar uma coisa a você.

Era uma casinha pequena, apertada entre dois prédios grandes, cinzentos. Entramos e ali estava a mãe, numa cadeira de rodas. Marta beijou-a na testa:

— Então, mãe? Passou bem o dia?

Voltou-se para mim:

— Uma vizinha toma conta dela. Veste-a, dá-lhe de comer... Sem essa ajuda, eu não poderia trabalhar.

– E o seu pai? – arrisquei.

– Meu pai? – Mostrou uma foto na parede: um homem ainda jovem, bonito, elegante. – Morreu. Na guerra.

– Qual guerra?

– A guerra da Espanha. Você não ouviu falar? Ele fazia parte daquele grupo de gaúchos que foi lutar contra o fascismo. Dois dias depois de entrar em combate, foi ferido e morreu.

Ficou um instante em silêncio, os olhos úmidos. Enxugou-os, por fim.

Nós vamos estudar a guerra da Espanha – disse, tentando disfarçar a emoção. – Mais para o fim do ano. Mas entre aqui.

Passamos para outra peça: o seu quarto, que era também gabinete de trabalho. Uma cama estreita, quase um catre, uma velha mesa, uma cadeira de palhinha – e livros, livros, livros. Por toda a parte: em prateleiras, empilhados no chão e até sob a cama. Livros, jornais, papéis, tudo na maior desordem. Mas aparentemente ela se orientava bem naquela desordem, porque logo encontrou o que procurava: um caderno grande, de capa dura, preta. Cadernos como aqueles o colégio fornecia aos professores como diário de classe. Teria ela...? Adivinhando minha estranheza, deu uma risadinha:

– É uma doação. Ou melhor, uma desapropriação. A contribuição do colégio para a causa da luta pela liberdade no Brasil.

Fez um espaço na mesa atravancada:

– Senta aqui. Quero que você veja uma coisa que ainda não mostrei a ninguém.

Abriu o caderno. Era uma espécie de álbum, com recortes de jornais e revistas, fotos, e muitas anotações em sua grande, redonda letra.

– Isto – disse, o orgulho transparecendo na voz – é um estudo completo sobre o nazismo no Rio Grande do Sul.

Nazismo, sim: ali, nas fotos, estavam as bandeiras com a cruz gamada, ali estavam homens em uniforme militar com o braço erguido na saudação hitlerista. Manchetes do *Correio do Povo*: O GRUPO HITLERISTA DE PORTO ALEGRE DENUNCIA AO GOVERNO DO REICH OS ELEMENTOS QUE NÃO COMUNGAM COM SUAS IDEIAS, era uma; ATIVIDADES NAZISTAS NA CAPITAL, outra. Ela foi folheando as páginas e comentando:

– Essa é uma foto de um desfile nazista, há dois anos... Esta aqui é a sede deles, na rua Voluntários da Pátria... Aqui estão, reunidos em Hamburgo Velho... Este é o chefe, Ernst Dorsch...

Muito interessante, mas eu não estava entendendo bem para que serviria aquilo. Criei coragem e perguntei.

– Para que serve isto?

Ela suspirou:

– Para muitas coisas, Juca. Em primeiro lugar, isto é História; é a História tal como está acontecendo aqui, na nossa cidade, e com a gente. Ou você pensa que História é só o que aconteceu com os gregos, com os romanos? Não, Juca, nós também somos parte da História e um dia vamos ser lembrados pelo que fizemos e pelo que deixamos de fazer. Portanto, este trabalho é testemunho. Modesto, sim, mas testemunho. Pretendo publicá-lo, sob a forma de livro. Porque as pessoas precisam saber o que é o nazismo. Devo isto...

Interrompeu-se, ficou um instante em silêncio, a cabeça baixa. Quando a ergueu, tinha os olhos cheios de lágrimas:

– Devo isto a meu pai, Juca. Todos diziam que ele era meio maluco. Deixou a mulher, a filha, o emprego, foi para a Espanha brigar por uma causa que muitos não aprovam e a maioria nem entende. Mas eu o admirava, Juca, eu o amava muito. É à memória dele que vou dedicar meu livro.

Num impulso, estendeu-me o caderno:

– Leve para casa, leia. Não vou precisar dele no momento... E quero sua opinião, Juca.

– Minha opinião? – Eu, assombrado; e emocionado. – Por que a minha opinião?

Riu:

– Sei lá... Porque você é sincero, eu sei que você é sincero. E eu gosto de você.

Estendeu a mão, acariciou-me o rosto. Um gesto casual, mas que quase me fez desmaiar de alegria, de paixão: Deus, como eu a amava. Da sala ao lado, ouviu-se um gemido abafado. Ela suspirou:

– Minha mãe. Tenho de cuidar dela agora. Você vai me desculpar, Juca.

Acompanhou-me até a porta. E ali estava eu, na fria noite porto-alegrense, sozinho – e feliz, feliz. Com quem compartilharia aquela felicidade? Com ninguém, mas não importava. Saí correndo e pulando, os poucos transeuntes me olhando, surpresos. Que me olhassem! Pouco me importava!

Em casa, meu pai e meus irmãos me esperavam, furiosos. (E com razão, reconheço-o hoje: era bem tarde.) Normalmente, eu entraria encolhido, com o rabo entre as pernas como cachorro fujão; mas agora era diferente. Entrei de cabeça erguida e, quando meu irmão mais velho me perguntou – aos berros – onde eu tinha estado, mostrei o caderno:

– Estou ajudando a professora num trabalho. Coisa importante, sabem? Coisa muito importante!

Fez-se silêncio. Meu pai perguntou se eu já tinha jantado, se queria alguma coisa para comer – ele mesmo prepararia. Eu agradeci, fui para o quarto, sentei, abri o caderno, acariciei as páginas que os dedos de Marta tinham tocado. Adormeci pensando nela.

Entro na briga da professora

Na semana seguinte, não pude ir ao colégio. De repente, meu pai recebeu uma encomenda; uma encomenda grande: ele tinha de consertar os móveis de uma enorme sala de jantar. Móveis antigos, pertencentes a gente importante que, sabe-se lá por que motivo (mas certamente equivocado), o tinha procurado. Queriam a coisa para logo; ele teve medo, e com razão, de não dar conta da tarefa. Meus irmãos não podiam ajudá-lo; tive eu de fazê-lo. E, assim, passava os dias na oficina, serrando, pregando, lixando, lustrando – e pensando só em Marta, em Marta, em Marta. Não vê-la era uma coisa que me causava um sofrimento físico até; cheguei a emagrecer, dois, três quilos, não lembro.

Na segunda-feira, nossa primeira aula era com ela. Meia hora antes eu já estava lá, à sua espera. Estava atrasada; finalmente chegou. Para minha surpresa, e para minha consternação, passou rápido por mim, mal e mal me cumprimentou e foi direto para a aula. Estava diferente, notei logo; não conseguia se concentrar no que dizia, duas ou três vezes interrompeu-se e ficou olhando pela janela, a testa franzida. Jerônimo, com uma borrachinha, atirava bolinhas de papel nos seus inimigos, que protestavam, irritados. Era uma zoeira, aquilo tudo. Mas ela nem o notava. Terminou a aula mais cedo, e foi-se.

Na quarta-feira a coisa se repetiu. A essa altura eu estava muito angustiado; imaginava, não sei por quê, que aquilo teria a ver comigo. Decidi perguntar o que estava havendo. Seguia-a. Caminhava rápido, cabeça baixa, fazendo às vezes gestos quase imperceptíveis, como se estivesse falando sozinha – estava falando sozinha. Inquieto, apressei o passo, alcancei-a:

– Marta...

Deteve-se, voltou-se rápida como se tivesse sido atacada.

– Ah, é você – esboçou um sorriso forçado.

– Aconteceu alguma coisa? Sei que não é de minha conta, mas...

– Não, não aconteceu nada. Ou melhor: aconteceu, mas nada que já não estivesse previsto.

Eu não estava entendendo nada daquela conversa, e a rigor não era para entender mesmo: ela a professora, eu o aluno, entre nós fora possível um momento de confidências, mas quantos mais? Resolvi acompanhá-la, porém. Ela não fez objeção, mas nada mais falou até chegarmos à sua casa. "Obrigada", disse então, "pela companhia". Hesitou um instante e acrescentou:

– Você não deve me acompanhar mais, Juca.

– Por que não? – eu, surpreso, magoado (a ponto de chorar, quase).

– Porque...

Olhou-me, soltou um fundo suspiro.

— Está bem. Entre, então. Vou lhe contar.

Entramos, e ali estava a mãe dela, na cadeira de rodas. Julguei perceber um clarão de suspeição, ou mesmo de raiva, no seu olhar fixo. Ciúmes? Teria percebido, por alguma misteriosa intuição, o que eu sentia pela filha? Bobagem, concluí. Isso é tudo imaginação minha. Fiquei a olhá-la com um sorriso forçado, enquanto Marta arrumava-a melhor na cadeira. Fomos para a cozinha, onde ela tinha de preparar o mingau para a mãe. Por alguns momentos ficamos ali, em silêncio, ela às voltas com sua tarefa. Finalmente, e sem se interromper, ela disse:

— Pois é, Juca. Tive de novo uma discussão na escola.

— Com o diretor?

— Não. Com a Palmira. E sobre o mesmo assunto: ela soube que eu participei de uma reunião... Com professores, artistas, profissionais liberais, muita gente... Uma reunião contra o nazismo e a ditadura. E aí mandou me chamar e renovou a ameaça do diretor: querem me botar para fora do colégio.

— Que coisa — murmurei.

— Mas, em compensação — disse ela, e agora seus olhos brilhavam —, tive uma notícia ótima. Nessa reunião estava um escritor que trabalha numa grande editora. Falei-lhe do meu projeto, ele achou ótimo, e disse que eles podem publicar o livro. Não é uma grande notícia?

Sim, era uma boa notícia, mas aquela coisa de ela sair do colégio...

— Você já leu? Agora já não há mais tempo para discutir o material: tenho de levá-lo à editora o quanto antes. Você pode me trazer o caderno amanhã? Faz este favor? E agora tenho de pedir que você vá: é hora de dar o mingau à minha mãe. Não é uma coisa muito agradável de ver.

Acompanhou-me até a porta, despediu-se de mim. Mal eu tinha

dado dois passos, quem encontrei? A Palmira. Morava no prédio ao lado. Quis escapulir, mas ela me segurou pelo braço:

– Onde é que você estava, Juca?

– E-Eu estava fazendo um serviço para o meu pai. Uma cobrança...

– Na casa da professora Marta, Juca? Ela encomendou alguma coisa para o seu pai?

– Não... É que...

Sorria, enquanto eu me debatia miseravelmente, gaguejando explicações.

– Vou lhe dar um conselho – disse, por fim. – Não fica bem alunos frequentarem a casa de professores. Principalmente de uma professora como a Marta. Você sabe que ela não é muito bem-vista, Juca. E você precisa tomar cuidado com seus estudos. Seu pai e seus irmãos estão trabalhando duro para pagar o colégio. Você não tem o direito de arrumar confusão. Mas se, apesar do que estou lhe dizendo, você insistir em fazer coisas não permitidas, você vai ter de arcar com as consequências, Juca. E você sabe: não foi nem um, nem dois alunos que já expulsamos.

Deu-me vontade de responder que ela não tinha nada a ver com a minha vida, que melhor faria cuidando do Jerônimo e de sua gangue – mas eu não estava em condições de retrucar.

– Sim, senhora. Farei como a senhora diz.

– Bom. E agora vá para casa. Seu pai já deve estar aflito.

E entrou. Que azar, resmunguei. Eu não tinha dúvida de que agora passava a figurar na lista negra de cuja existência todos estavam certos. Daí por diante eu teria de me cuidar. Mas mal imaginava a confusão em que estava prestes a me envolver.

Uma conspiração contra Marta

No dia seguinte, conforme havia combinado com a Marta, levei o caderno para o colégio. Meio tonto de sono, eu; passara quase toda a noite acordado, lendo as anotações dela. (Apesar dos resmungos dos meus irmãos, que queriam dormir e reclamavam da luz acesa; eu não lhes dava importância. Eu era o estudante, eu estava estudando – e eles que fechassem o bico.) Eu não entendia muito bem o que Marta pretendia com o seu trabalho. Ela falava em nazismo e em integralismo, coisas que eu conhecia apenas superficialmente. Mas me surpreendeu encontrar nomes de gente importante: políticos, industriais, comerciantes. Achei que aquelas pessoas não iam gostar nada de figurar no livro. Isto, porém, eu não diria à Marta; na verdade, eu nem sabia bem por que ela me emprestara o caderno.

Hoje sei, Chico. Hoje sei que há momentos em que as pessoas precisam de um apoio, do apoio de quem quer que seja, até mesmo de um garoto. Essas coisas contam. Às vezes, contam.

O caderno era grande – tão grande que não cabia na minha pasta – e esse detalhe acabou se revelando funesto.

Com a pasta numa mão, e o caderno na outra, cheguei ao colégio atrasado. O diretor estava no portão. Era o que fazia sempre: depois que soava a sineta, ia para a entrada do colégio e anotava numa caderneta o nome dos que chegavam tarde. Aquilo nos valia uma repreensão por escrito depois. Quando o vi, cheguei a pensar em voltar. Seria melhor fingir uma doença do que correr o risco de me indispor ainda mais com ele e a Palmira. Mas eu precisava entregar o caderno à Marta, e fui em frente. Ele me dirigiu um olhar furibundo, anotou meu nome, me mandou entrar, mas então:

– Vem cá, Juca – chamou.

Voltei:

– Às suas ordens.

– Que caderno é esse que você leva aí?

– Esse caderno? Não é nada, não senhor, eu...

– Deixe ver.

– É que eu tenho de entregar para...

– Deixe ver!

E, antes que eu pudesse fazer qualquer coisa (o quê? Sair correndo?), arrebatou-me o caderno.

– Parecido com os cadernos que o colégio fornece aos professores – observou, seco, e passou a folheá-lo. Um pálido sorriso esboçou-se em sua face enquanto o fazia, um sorriso que me fez gelar o sangue. Ao terminar, fechou-o: – Eu fico com isto.

– Mas é da professora Marta!

– Não é, não. O caderno é do colégio. E com a professora eu converso depois. Agora vá.

Eu estava pálido quando entrei na aula. Tão pálido que a professora de Português perguntou se eu me sentia bem. Respondi que sim, e sentei – para ser imediatamente bombardeado com feijões por Jerônimo, que, para isso, usava uma espécie de zarabatana (copiada, na certa, dos filmes de Tarzan). Aguentei alguns minutos, até que não deu mais. Já nervoso com o que havia sucedido, pus-me de pé, furioso:

– Chega, Jerônimo! Chega, ouviu?!

A classe toda parou, surpresa.

– Mas o que está havendo aqui? – bradou a professora. – Digam, o que está havendo?

– Esse cretino do Jerônimo está me atirando feijões!

Ela poderia ver os feijões no chão se quisesse, mas não queria. Estava furiosa por ter sido interrompida enquanto recitava *Os lusíadas* (sua paixão por Camões era bem conhecida).

– Saia – disse, seca.

– Mas, professora – protestei –, não é justo, ele me atira feijões e eu tenho de sair?

– Saia!

Levantei-me e saí, enquanto ela anotava meu nome na sua caderneta. Duas anotações no mesmo dia, na mesma manhã: dificilmente eu escaparia sem uma punição.

Fui caminhando pelo corredor e, ao passar pela sala do diretor, ouvi vozes. Resolvi espiar, pela bandeira da porta. Para isto, tive de arrastar uma mesa, que alguém providencialmente deixara ali, e nela subir. Se alguém me visse, eu estaria perdido. Mas àquela altura já tinha enveredado pelo caminho da contestação – ou da transgressão – e nada mais me deteria. A primeira coisa que vi foi o caderno: estava nas mãos do diretor, que o folheava enquanto falava a um homem que, sentado à sua frente, estava de costas para mim. Não podia ouvir o que diziam – falavam baixo –, mas alguma coisa no desconhecido me inquietava. Quando ele se levantou para ir embora, percebi por quê – e quase caí da mesa.

Era o Ernst Dorsch.

Não podia haver dúvida: eu ainda tinha bem gravada na memória a foto que Marta me mostrara, no caderno. E era por causa do caderno que ele estava ali, certamente; e certamente a chamado do diretor. Mas que tipo de ligação haveria entre os dois?

Não havia tempo para indagações: Ernst Dorsch já apanhava o chapéu (naquele tempo os elegantes usavam chapéu, e aquele era um homem elegante), já estendia a mão para o diretor. Sem ruído, saltei para o chão, coloquei a mesa no lugar e escapuli.

Eu precisava urgente falar com Marta. Mas onde a encontraria? Resolvi tentar a sala dos professores, e tive sorte: lá estava ela, conversando com a professora de Ciências. Fiz-lhe sinal. Estranhou, mas pediu licença e veio até a porta:

– Você não tinha de estar na aula?

– Preciso falar com você, Marta. Agora!

– Agora? Agora estou ocupada, tenho de resolver uma coisa.

– Por favor, Marta! É importante!

– Você não pode dizer o que é?

– Aqui, não. Aqui no colégio, não.

Ela consultou o relógio, voltou-se para a professora de Ciências, que nos olhava, curiosa, voltou-se de novo para mim:

– Está bem. Encontro você lá na esquina, daqui a cinco minutos. Mas você pode sair?

– Dou um jeito.

E dei mesmo: pulei o muro. A essa altura eu já fazia essas coisas com maravilhosa facilidade. Tinha me aperfeiçoado rapidamente na arte das manobras escusas.

Fiquei na esquina, encostado numa árvore, nervoso: ela estava demorando. Finalmente, apareceu:

– Acho que você está criando a maior confusão – queixou-se. E logo em seguida: – Onde está meu caderno?

– Pois é sobre isso que eu queria lhe falar. – E contei tudo: a apreensão do caderno pelo diretor, a conversa deste com o líder nazista. Ela abriu a boca, estarrecida:

– Mas o que é que você está me dizendo, Juca? O Ernst Dorsch estava no gabinete do diretor? E eles estão com meu material?

– Isto. O que vamos fazer, Marta?

– Espere um pouco. Deixe-me pensar.

Ficou um instante em silêncio, e depois:

– A primeira coisa – disse, decidida – é recuperar o caderno. A editora quer publicar o livro logo, preciso desse material. Mesmo que o diretor me bote para fora, mesmo que eu não arrume mais emprego, não importa: temos de divulgar aquela pesquisa.

– Mas como vamos fazer isso?

Olhou-me, desamparada:

– Não sei, Juca. Confesso que não sei. Eu poderia pedir ao diretor, mas seria inútil. Ele vai alegar que usei material desviado do colégio. É capaz até de me acusar de roubo. – Suspirou: – E a verdade é que foi roubo.

– Bem – eu disse –, mas isso agora não importa. O que importa é o que está no caderno.

– Exato. Ele sabe disso. E por essa razão chamou o Dorsch.

– Mas você acha que o diretor é nazista?

– Não sei. Mas sei que ele é ligado aos integralistas. E nazistas e integralistas têm muita coisa em comum.

– Puxa vida – murmurei. Eu estava realmente abalado. Mortificado. Não imaginava que poderia criar uma tal confusão. Sentia-me tremendamente culpado; alguma coisa precisava fazer.

– Pode deixar, Marta – garanti. – Eu recupero o caderno.

– Mas como?

– Ainda não sei. Mas vou fazer isso, juro. Nem que seja a última coisa que faça em minha vida.

Ela me colocou a mão no ombro, sorriu:

– Tome cuidado, Juca. Não quero que você se complique. O caderno é importante, mas você é mais.

– Mesmo, Marta? Eu sou importante para você?

– Claro que é.

Sim, eu seria capaz de beijá-la naquele momento, mas a minha coragem, suficiente para desafiar a professora de Português e para espionar o diretor, ainda não dava para tanto. De modo que fiquei ali parado, enquanto ela se afastava, o sol da manhã arrancando reflexos vermelhos de sua cabeleira. Tão logo ela entrou, galguei o muro de novo. O recreio tinha terminado, os alunos estavam em aula. Fui direto à sala do diretor. De novo subi na mesa e espiei pela bandeira da porta. Ali estava o caderno – desta vez em seu armário. E a sala estava deserta. Desci da mesa e durante uns segundos hesitei. Valia a pena entrar? E se aquele não fosse o caderno de Marta? Sim, porque era o caderno que todos – inclusive o diretor – usavam. Mas só havia um meio de saber: examinando-o de perto.

Cuidadosamente, experimentei a maçaneta. A porta estava fechada à chave. E, agora eu sabia, ele tinha bons motivos para se precaver contra abelhudos. Naquela sala, certamente havia coisa importante. Documentos secretos, quem sabe. Não, ele nunca deixaria a porta aberta.

Tirar o caderno dali não me seria fácil, portanto. Depois dos últimos incidentes, eu seria observado de perto. Não era impossível – ao contrário, era muito provável – que o diretor levasse o caderno para casa. Ou que simplesmente o destruísse. Marta poderia talvez refazê-lo; mas quanto tempo levaria para isso? E de algumas daquelas fotos nem sequer havia cópia. Eu tinha de reaver o caderno.

Para isso, precisaria de ajuda. Mas de quem? Quem teria coragem suficiente para participar comigo numa empreitada de tal risco?

Só havia uma pessoa no colégio capaz de fazê-lo: Jerônimo.

O momento decisivo

Dizem, Chico, que a melhor forma de transformar um inimigo em amigo é pedir-lhe um favor, e é verdade: disso posso dar testemunho.

Quando Jerônimo saiu do colégio, fui atrás dele:

– Quero falar com você.

Parou, mirou-me de alto a baixo. Furioso:

– Mas eu não quero falar com você. Palhaço! Quem é que você pensa que é? Não sabe o que é uma brincadeira? Você me denunciou para a professora! Eu deveria partir a sua cara!

Pedi desculpas. Não tinha por quê, mas naquele momento precisava de sua boa vontade. Ele sorriu, magnânimo; gostava de ter sua autoridade reconhecida. Aproveitei o momento favorável, disse que precisava de ajuda e contei a história toda. Me ouviu, boquiaberto:

– Não diga! A "Marta Fogareiro" escreveu um livro? Sobre os nazistas? E o diretor ficou com o tal livro?

– Isso. E eu agora preciso recuperá-lo.

Ele me olhava, como se estivesse a avaliar-me (e de fato estava). Não gostava da "Marta Fogareiro"; mas gostava ainda menos do diretor. Além disso, a tentação da aventura era forte demais.

– Eu te ajudo. Mas você tem de me dar cola na prova de História.

Tínhamos provas dali a uns dias. Ele decerto imaginava que eu sabia toda a matéria.

– Feito.

Apertamo-nos as mãos.

– Muito bem – disse ele. – Agora vamos traçar um plano.

Evidentemente deliciado: quando se tratava de fazer alguma sacanagem, ele era a pessoa certa.

– Você disse que o caderno está na sala do diretor.

– Isso.

– E a sala dele está sempre fechada.

– É.

– Bem, então tudo o que temos de fazer é ir na sala da zeladora, ali onde estão penduradas todas as chaves...

– Não.

– Por que não?

– Porque a chave da sala da direção é a única que não fica ali. O homem a leva sempre consigo.

– Você tem certeza?

– Tenho.

De fato: chamava-me a atenção o enorme chaveiro que o diretor levava consigo. E a grande chave que ali estava, entre outras menores, só podia ser da porta da sala dele, que tinha uma fechadura muito antiga.

– E arrombar a fechadura?

– Perigoso. Leva muito tempo. Não dá, Jerônimo: a gente tem de entrar na sala, apanhar o caderno e sair. Tudo isso muito rápido.

– Hum.

Pensou um pouco:

– E se a gente conseguisse fazer o homem sair do colégio por umas horas?

– Não adianta, Jerônimo: sempre que ele sai, a primeira coisa que faz é chavear a porta.

– Mas se ele tiver de sair às pressas?

– Às pressas?

– É. Se alguém chamá-lo e ele tiver de sair correndo?

– Mas quem vai chamá-lo?

– A mulher dele.

– Mas por que o faria?

Ele riu.

– Não ela, boboca. Eu. Acontece que a mulher dele é minha tia, e tem uma voz muito engraçada. Uma voz que eu sei imitar perfeitamente. Então a mulher dele, eu, vai telefonar para o colégio...

– E dizer o quê?

Olhou-me, em dúvida:

– Caso de doença?

Era demais: mesmo detestando o homem, achei demais.

– É crueldade, Jerônimo.

– Não precisa ser doença grave. Dor de ouvido, por exemplo.

– Mesmo assim. Com doença não se brinca. De mais a mais, se não for grave, ele não vai esquecer de fechar a porta.

– Verdade.

Ficou de novo em silêncio, até que nova ideia lhe ocorreu:

– E incêndio?

Incêndio? Era melhor que doença, mas igualmente assustador. Além disso, incêndios podem fazer vítimas...

– Princípio de incêndio, então. No galpão dos fundos. Isso! É lá que ele guarda as cobras.

O diretor tinha uma coleção de cobras guardadas em vidros

com álcool. Famosa na cidade: o *Correio do Povo* tinha até feito uma reportagem sobre ela. Mas a mulher não queria a coleção dentro de casa: detestava aqueles bichos. Por isso, ele mandara fazer um galpão especialmente para a tal coleção.

– Princípio de incêndio no galpão das cobras! Ele vai imaginar aqueles vidros explodindo, o álcool pegando fogo! Sairá do colégio a mil por hora!

Estava extasiado, o Jerônimo. Com ele, a perversidade ganhava requintes que poucos imaginariam. Já naquela época, costumava ir aos velórios em casas sombrias da Cidade Baixa. Ficava na porta e, quando as pessoas entravam, advertia:

– Cuidado com o degrau.

E lá iam os pobres, pelo longo corredor, tentando achar com o pé um degrau que não existia.

– Então é isso – esfregando as mãos, no seu gesto característico. – Amanhã, às dez em ponto, telefono para o colégio...

– E as aulas?

– Mato as aulas! Você não acha que vale a pena? Mato as aulas! E na hora que eu telefonar – imitou a voz da esposa do diretor: "Querido, venha depressa, há um princípio de incêndio no galpão das cobras!" – você, que já deve estar ali por perto, entra na sala, pega o caderno e sai como se nada tivesse acontecido. Certo?

– Certo. – A essa altura eu tinha perdido todo o medo. E estava encantado: com a engenhosidade do plano e com a ideia de pregar uma peça no diretor e em seu amigo, o nazista Dorsch.

Na manhã seguinte, porém, já não me sentia tão seguro. Acordei com o estômago tão embrulhado que não pude tomar café. Fui para a aula, mas não podia me concentrar; ansioso, consultava o relógio a toda hora. O que até ajudou. Perto do horário combinado – estávamos na aula de Ciências – a professora notou minha inquietação:

– Você está se sentindo mal, Juca?

– Para dizer a verdade, estou. Posso ir lá fora?

Os professores tinham ordem de restringir ao máximo as idas ao banheiro. Mas minha aparência deveria ser tão ruim que a professora não teve coragem de negar. Saí e tive de entrar no banheiro, pois, da porta da sala de aula ela me observava, evidentemente preocupada. Ali fiquei, vigiando ansiosamente o relógio: faltavam dois minutos, faltava um minuto... Trinta segundos antes das dez horas saí dali e corri para a sala do diretor. Já do corredor, ouvi o telefone soando: sincronização perfeita, Jerônimo não brincava quando se tratava de fazer uma das suas. E os brados do diretor:

– Chame os bombeiros! Já estou indo!

Um segundo depois a porta se abriu e ele saiu como um furacão. Passou por mim, mas nem me viu: pude, pois, entrar, e logo em seguida avistei o caderno, no armário. Num outro armário, havia uma pilha de cadernos iguais, ainda não usados. Uma ideia me ocorreu: apanhei um deles e coloquei-o no lugar do que estava levando. Com o que talvez ele não notasse a falta – pelo menos por uns dias.

Contudo, a pequena demora foi fatal.

No momento em que saía da sala dei de cara – com quem? – com a Palmira, obviamente; fiel a seu chefe, viera assumir o lugar dele. Estava, sei lá por que razão, acompanhada do marido da zeladora, e foi para este homem que ela gritou:

– Pega! Pega esse guri!

Saí correndo pelo corredor. Felizmente, o diretor deixara também aberto o portão. Segui pela rua Duque de Caxias em direção ao centro, sempre correndo e sempre perseguido pelo homem. Passamos diante da Assembleia Legislativa, diante do Palácio do Governo, onde um soldado da Brigada Militar – mas deveria estar na sua guarita, vigiando o Palácio! – juntou-se ao homem. Eu contava chegar ao viaduto, descer as escadarias e sumir nas ruelas da Cidade Baixa, onde nunca me achariam. Mas me alcançaram antes; no próprio viaduto. O marido da zeladora empurrou-me violentamente. O caderno voou sobre a amurada e caiu lá embaixo.

Naquela época, havia uma linha de bondes que passava sob o viaduto. E foi justamente sobre um dos trilhos que o caderno caiu. Debruçado sobre a amurada, e bem seguro pelo homem e pelo brigadiano, vi um elétrico se aproximando. Gritei, mas era inútil: o pesado veículo passou sobre o caderno, despedaçando-o. Ainda vi o vento carregar algumas das folhas rasgadas... É o fim, pensei. Mas não chorei. Eu faria qualquer coisa, menos dar àquela gente o prazer de me ver chorando.

A luta continua

Não fui expulso do colégio, como pensava (e como talvez secretamente esperasse). E isso, graças a meu pai. Ele foi falar com o diretor, implorou para que eu ficasse. Contou dos sacrifícios que fazia para me educar; chegou a se sentir mal, teve de ser atendido por um médico que morava em frente. O diretor contentou-se em me dar uma suspensão de quinze dias. Tentou descobrir quem lhe telefonara, mas eu me recusei a responder, e ele não insistiu. Provavelmente sabia que se tratava de Jerônimo, mas não queria confusão com a família.

Marta é que não escapou. No mesmo dia foi demitida, acusada de ter desviado material escolar. O próprio diretor nos comunicou a decisão. Muito satisfeito: evidentemente, considerava-se o grande vencedor naquela história toda. E tinha razão. Vencera.

Vencera uma batalha, mas não a guerra. Vencera um *round*, mas não a luta toda. Prometi a mim mesmo que eu não deixaria as coisas terminarem daquela maneira.

Sim – mas que podia eu fazer? Desastrado que fora, arruinara a carreira de Marta, o seu trabalho, tudo. Qualquer coisa que eu tentasse agora certamente daria errado. Como tudo em minha vida. Aliás, meus irmãos – depois de terem me dado uns tapas – já me haviam ameaçado: daqui por diante, só estudar.

– Nada de confusão, ouviu?

Sim, eu tinha de ouvi-los. Que remédio?

Mas ansiava por falar com Marta, por vê-la ao menos. Seria muito penoso, depois de tudo o que acontecera, mas precisava falar-lhe, explicar-me. Ocorreu-me escrever uma carta; não o fiz. O que eu tinha a lhe dizer não podia ser escrito.

Dois meses se passaram; então, um dia, a encontrei na rua.

Foi um choque. Fiquei ali, imóvel, sem saber o que dizer, o que fazer. Ela, porém, veio a meu encontro, sorridente; perguntou como eu estava, perguntou pelo colégio. Aparentemente, não guardava rancor algum. Como se nada tivesse acontecido. Convidou-me para um café em sua casa. E só lá desabafou: a perda do caderno fora um golpe muito duro.

– Ainda tentei refazer o material, Juca, mas foi inútil. Era muita coisa... Trabalho de dois anos... A editora não podia esperar. Preferiram publicar o livro de um outro autor.

Eu não sabia o que dizer. Ficamos ali sentados à mesa da cozinha, em silêncio, ela brincando com a colherinha do café. Eu nem ousava falar. De repente ela levantou a cabeça, os olhos brilhando:

– Mas nem tudo está perdido, Juca. Ainda há alguma coisa a ser feita.

– Outro livro? – arrisquei, tímido.

– Não. Livro, não. O tempo do livro acabou... O tempo agora é de ação.

Eu não estava entendendo. Ela inclinou-se para mim:

– É que o nazismo continua aí, Juca. É uma ameaça mais presente do que nunca. E nós temos de combatê-la, Juca. Eu tenho de combatê-la. Devo isso a meu pai, repito. O general Franco, contra quem ele lutou, está recebendo o apoio dos nazis. Que estão em toda a parte.

Olhou-me um instante e por fim disse:

– Posso contar com tua ajuda?

– Mas o que é que eu posso fazer?

– Muita coisa. Podemos combater os nazistas com as próprias armas deles. Eles fazem demonstrações? Nós também as faremos.

– Nós quem, Marta?

– Nós. Você e eu. Se você quiser, naturalmente. Se não, irei sozinha.

Aquilo já estava me parecendo arriscado. Mas eu tinha uma dívida com ela. E, sobretudo, eu a amava. Nos dois meses que se tinham passado, eu não deixara de pensar nela um único dia, um único minuto. Eu faria qualquer coisa para estar a seu lado, para poder adorá-la em silêncio, tal como a adorava agora.

– Posso contar com você, Juca?

– Claro que pode – eu disse, com voz embargada. – Você sabe que pode contar comigo.

– Muito bem. Vamos então às coisas práticas.

Levantou-se, foi até o quarto, voltou com um caderno. Mas não era como o outro, o dos professores; esse era um caderno escolar, barato.

– Você vê – gracejou –, minha vida gira em torno dos cadernos. Sentou, pôs-se a folheá-lo.

– Tudo o que precisamos saber está anotado aqui. O nome dos grupos nazistas, os endereços, os horários em que se reúnem. O lugar principal é este, que eles chamam de Casa Alemã, na esquina da Voluntários da Pátria com a Cancio Gomes. É lá que eles combinam as principais atividades. Preciso que você descubra o que estão planejando, Juca. Você pode fazer isso, eu não: porque eles decerto me conhecem. O diretor deve ter falado a meu respeito ao Dorsch. Talvez até tenha lhe dado minha foto.

Uma pausa, e continuou:

– Além disso, não tenho tempo. Estou trabalhando, você sabe. Numa loja. Não consegui outro emprego como professora. Não me aceitaram em colégio algum. O nosso diretor tem suas conexões, Juca, e as usa muito bem... Portanto, preciso de você.

– Deixe comigo.

Anotei o endereço da Casa Alemã, me despedi, prometendo entrar em contato com ela logo.

– Tenha cuidado – me disse ela, à porta, sorrindo.

Saí dali arrebatado. Como eu a amava. Daria tudo para ficar junto dela. E ficaria, mesmo que corrêssemos os maiores riscos.

A Voluntários da Pátria era conhecida, naquele tempo, como o Caminho Novo. A rua margeava o rio em quase toda sua extensão. Ali, no cais, atracavam as barcaças que traziam frutas do vale do Taquari; ali funcionava também a estação ferroviária. Era uma rua de comércio, durante o dia, e de prostituição, à noite. Meu pai sempre recomendava que eu não andasse por aquelas bandas, que era perigoso. Mas foi justamente à noite que me dirigi para a Voluntários da Pátria. Não tive a menor dificuldade em encontrar a casa, que tinha uma porta e duas janelas dando para a rua.

Tive muita sorte. Estavam em reunião; mais que isso, falavam em português; mais que isso, planejavam alguma coisa para os próximos dias. Um desfile, segundo deduzi, oculto sob a janela. Um grande desfile no centro da cidade, um desfile destinado a impressionar os porto-alegrenses e a mostrar a força do movimento. Estavam preocupados porque Getúlio Vargas, que, eles esperavam, apoiaria o Terceiro Reich, não se decidia a fazê-lo. Daí a importância da demonstração, na capital do Estado onde Getúlio nascera.

– Está esperando alguém, amor?

Voltei-me: era uma mulher alta, robusta. Usava um vestido vermelho, muito justo, e maquiagem berrante. Era uma daquelas que eram chamadas, à época, de mulheres de vida fácil. Incendiavam nossa imaginação, e eu sempre quisera ver uma delas de perto... Mas o momento não podia ser mais inoportuno. Fiz-lhe sinal para que se calasse. Não entendeu, insistiu:

– Vamos, bem. Meu quarto é aqui perto. E eu não cobro caro.

– Agora não – sussurrei –, agora estou ocupado, outro dia.

Ela estava cada vez mais intrigada:

– Você, ocupado? Ocupado com quê?

Olhou para a janela aberta e iluminada acima de minha cabeça e achou que tinha entendido:

– Você trabalha pra esses caras. Para os nazistas. É isso. Você vigia a casa pra eles, não é?

Falava alto, tão alto que, temi, chamaria a atenção do grupo lá dentro. "Pelo amor de Deus", supliquei baixinho, "vá embora". Mas a coisa se transformara para ela em questão de honra:

– Se você não quer vir comigo, não venha. Não preciso de você, homem não me falta. Mas daqui não vou sair, não. Este é meu ponto, eu já ganhava a vida aqui antes de vocês aparecerem. Não é a primeira vez que tentam me mandar embora. "Vá mais adiante, ali onde estão as outras mulheres." Pois não vou, sabe?, não vou! Não me misturo com as outras, quero ter o meu próprio ponto. E se os seus amigos nazistas resolveram fazer a sede perto do meu lugar de trabalho, pior pra eles. Daqui não saio, sou brasileira, estou na minha terra. Mais: sou de Bagé, mulher de faca na bota. Comigo, ninguém se mete.

Gritava tanto, que o inevitável aconteceu. Um homem, uniformizado – camisa parda, gravata preta, braçadeira com suástica –, assomou à janela:

– Quem está aí?

Fugi, correndo, enquanto a mulher ficava batendo boca com ele. Um bonde vinha passando. Saltei para a plataforma, e logo estava longe.

Pensei em ir até a casa de Marta, mas desisti: não tinha nada a lhe dizer. Sabia que os nazistas fariam um desfile, mas o mais importante – a data – eu não descobrira. Minha estreia como agente secreto podia ser considerada um fracasso.

Resolvi tentar de novo. Não era impossível investigar o que os nazistas estavam planejando, isto eu já constatara. Obviamente eu não poderia voltar à casa da Voluntários, mas alguém o faria por mim.

A mulher do vestido vermelho. Fui procurá-la na noite seguinte. A uma prudente distância da esquina da Cancio Gomes, aguardei que ela aparecesse. Caía uma chuva fina, fria, o que não era boa coisa; talvez ela não andasse pela rua numa noite como aquela. A verdade, porém, é que, como afirmara, se tratava de uma profissional: não demorou muito, e ela apareceu, de sombrinha, mas com o mesmo vestido curto e decotado. Abordei-a:

– Boa noite...

Reconheceu-me:

– Ah, é você. – Desconcertada: – Acho que me enganei com você ontem. Pensei que você trabalhava para aqueles caras, para os nazistas, mas me enganei. Me desculpe. Intrigada: – Mas por que você saiu correndo? Tem medo deles?

– É uma longa história – eu disse. E, apontando o boteco do outro lado da rua: – Vamos tomar uma cerveja que lhe conto tudo.

Vacilou um instante:

– Não sei... Eu estava esperando um sujeito... Mas vamos lá. Afinal ele me deixou na chuva, não merece consideração.

Entramos. Era um boteco pequeno, mas barulhento e enfumaçado, frequentado pelas mulheres da Voluntários e seus homens. Sentamos, pedi cerveja. Contei tudo o que tinha acontecido. Ela ouviu em silêncio, meio desconfiada.

– Muito bem. E o que é que você quer de mim? Porque alguma coisa você quer de mim. Não é por nada que está me pagando esta cerveja.

– Eu preciso saber quando eles vão fazer o tal desfile.

Refletiu um pouco.

– Não tem problema. Posso descobrir. Fico ali por perto um pouco e descubro.

Olhou-me, irônica:

– E quanto é que eu ganho com isso?

Mudou de ideia:

– Não, deixa pra lá. Vou fazer o serviço de graça. Você nem deve ter dinheiro mesmo, tem cara de pelado. Um dia, quando você for doutor, você fica meu cliente e me paga.

Riu, levantou-se:

– E agora vou indo. Me procure depois de amanhã, a esta hora.

Era eficiente mesmo: quando a procurei de novo, já tinha a informação:

– É amanhã. Às dez horas.

– Amanhã? Mas como? Não deu no jornal, não fizeram nenhuma divulgação...

– Mas é de propósito. Querem surpreender o pessoal no centro da cidade. Às dez horas, no meio de todo aquele movimento, eles vão aparecer, marchando. Cem, duzentos, não sei quantos serão, mas vão todos de uniforme, com bandeiras nazistas, retratos de Hitler, tudo.

Deu-me o trajeto da passeata e concluiu:

– Acho que com isso cumpri minha promessa. E você, não esqueça de sua amiga Carmem, sempre neste ponto. Diga a seus amigos também. Gosto muito de rapazinhos.

Agradeci e fui direto para a casa da Marta: tínhamos muito pouco tempo para agir.

Ouviu-me em silêncio, tensa, a testa vincada por uma ruga.

– Muito bem – disse, por fim. – Já sei o que fazer.

– E o que é que você vai fazer?

– Amanhã você saberá.

– Amanhã? Bom. E a que horas nos encontramos?

– Não vamos nos encontrar. Este assunto não lhe diz respeito, Juca.

– Como? – Eu não estava entendendo. – Você não queria minha ajuda, Marta?

Ela pegou minha mão:

– Você já ajudou, Juca, já ajudou bastante. Não quero que se envolva mais do que já se envolveu. Eu estou muito grata pelo que você fez, mas daqui por diante a coisa é comigo.

– Mas...

– Não tem *mas*. Ouça sua professora, sua amiga: vá para casa. Amanhã à noite nos vemos, se tudo correr bem.

Despedi-me, fui para casa. Mas, inquieto, não consegui dormir direito. Ao raiar do dia, tinha decidido segui-la. Estava certo de que ela faria alguma bobagem. E queria impedir.

Às oito eu já estava na esquina perto da casa dela. Não tive de esperar muito: logo ela apareceu, num vestido escuro, um xale na cabeça. Pôs-se a caminho, apressada, eu seguindo-a sempre. Um pouco adiante, entrou numa loja de tintas e ferragens. Eu, cada vez mais intrigado: o que queria ali? Vi o dono tirar da prateleira uma lata de tinta, que ela pagou e guardou na sacola que levava consigo. Saiu e continuou o trajeto em direção à praça da Alfândega, bem no centro – lá passaria o desfile. Ficou por ali, à espera. Oculto atrás de uma árvore, eu a observava. Não tinha a menor ideia do que ela pensava em fazer.

Os nazistas foram pontuais: dois minutos antes das dez horas ouviu-se o rufar de tambores e logo em seguida eles apareceram, marchando.

Era realmente impressionante, aquilo. Dezenas, eles eram, todos em uniforme; os da frente conduzindo bandeiras com a cruz gamada, outros levando retratos do Führer. As pessoas se aglomeravam, curiosas, à sua passagem, algumas aplaudindo, outras ensaiando tímidas vaias, a maioria olhando em silêncio. Eu os olhava e olhava Marta, cada vez mais ansioso. Vi quando ela tirou a lata de tinta da sacola e, com algum esforço, extraiu a tampa. E então dei-me conta do que ela ia fazer.

– Não, Marta! Não faça isso!

Mas já era tarde: ela correu para o meio da rua, a lata de tinta na mão, talvez para atirá-la nos homens, talvez numa das bandeiras – não sei, não deu para saber: antes de chegar lá ela tropeçou, caiu, rolou no chão. Os nazistas se detiveram, surpresos; por um momento, fez-se silêncio, um grande silêncio. E então eles se puseram a rir. Riam às gargalhadas, dobravam-se de tanto rir, apontando para a pobre Marta que ali jazia, toda lambuzada de tinta vermelha. Corri para ela, assustado:

– Você se machucou?

Olhou-me, como se não me reconhecesse. Era de dor, sua expressão, de dor, de fúria, de perplexidade.

– Sou eu, Marta, o Juca. Deixe-me ajudá-la.

A custo, fiz com que se pusesse de pé. Ela mancando – aparentemente torcera o tornozelo, levei-a até um banco da praça. As pessoas nos olhavam, curiosas; ninguém entendia o que estava se passando. Por um instante ficamos ali sentados, em silêncio. Eu estava a ponto de chorar; muito esforço me custou não fazê-lo. Não, eu não podia chorar. Nem naquele momento, nem em nenhum outro momento. O meu tempo de chorar já havia passado, eu agora o sabia.

– Quero ir para casa – disse ela, numa voz surda, contida.

Um homem que estava ali perto aproximou-se:

– Posso ajudar? Tenho carro, levo vocês.

E acrescentou:

– Não é nenhum favor. Conheço a professora. É uma mulher admirável. Um dia essas pessoas que aqui estiveram haverão de reconhecê-lo.

Tomou-a por um braço, e a conduzimos até o velho Ford modelo A que estava estacionado não longe dali. O homem nos levou à casa de Marta. Um trajeto que fizemos em silêncio. Ao chegarmos, agradeci.

– Não tem de quê – ele disse. E, depois de uma pequena hesitação: – É o mínimo que eu podia fazer. Você sabe, eu deveria ter ido para a Espanha com o pai dela... Éramos amigos, companheiros de luta... Mas não tive coragem.

Tomou a mão de Marta:

– Boa sorte, filha. Você ainda vai vencer essa briga, estou seguro disto – e arrancou.

Entramos. A mãe dela dormitava na cadeira de rodas.

– Não a acorde – gemeu Marta. – Leve-me para o quarto, quero descansar.

Deitei-a na cama, tirei-lhe os sapatos; depois, com um pano embebido em álcool, removi a tinta de seu rosto e de suas mãos. Ela me olhava enquanto eu o fazia. E então me detive, meus olhos nos seus olhos.

Não sei como aquilo aconteceu, Chico; a gente nunca sabe. É uma coisa misteriosa, não é mesmo?, uma força irresistível que surge dentro de nós...

Inclinei-me sobre ela e a beijei. Não resistiu; pelo contrário, puxou-me para si. E nos beijávamos, a princípio desajeitadamente (era, suspeito, a primeira experiência dela, tanto quanto era minha primeira experiência) e logo sofregamente; mas então ela me conteve:

– Não, Juca – sussurrou, com um meigo, tímido sorriso. – Não devemos... Não será bom, nem para você, nem para mim.

– Mas por quê, Marta? – eu, numa voz estrangulada, uma voz que nem parecia a minha. – Eu te amo, Marta, você sabe disso! Por que não?

E tentei abrir-lhe o vestido. Conteve-me de novo, desta vez com mão firme. Mas seu tom era ainda suave:

– Eu já disse que não, Juca. E você deve me ouvir. Sou sua professora, você não lembra?

A custo, levantou-se:

– Preciso preparar a comida de minha mãe.

– Tenho de ir, então? – eu, a custo contendo as lágrimas.

– Sim.

– E quando vamos nos ver, Marta?

– Não por ora.

Sorriu, melancólica:

– Preciso me recuperar dessa, Juca.

Mancando, acompanhou-me. A porta se fechou atrás de mim, e eu me vi sozinho. Fui para casa.

A História faz justiça

Voltei à velha rotina: casa, colégio, colégio, casa. Uma rotina que agora me parecia quase insuportável. Eu não podia mais olhar o diretor; tinha ganas de estrangulá-lo. Nem o diretor, nem a dona Palmira, nem a zeladora. "Corja de nazis", eu resmungava, quando os via.

Tínhamos uma nova professora de História. Durante as aulas, ela mastigava monotonamente datas e nomes de reis, intercalando-os com a única advertência capaz de nos manter acordados:

– Isto pode cair no exame, hein? Pode cair no exame.

Ah, que saudades eu tinha de Marta. Não a encontrava nunca; numa cidade em que a gente a toda hora dava de cara com conhecidos, o destino parecia conspirar para que não nos víssemos. Certo, eu poderia esperar à porta da casa dela, ou mesmo procurá-la no emprego; mas ela me pedira que não o fizesse, e eu não o faria.

Veio o inverno, triste, chuvoso. Logo depois das férias de julho, começamos a ensaiar para o desfile de Sete de Setembro.

Marchávamos horas a fio pelas ruas da cidade, às vezes sob chuva: o diretor queria que naquele ano obtivéssemos o primeiro prêmio no concurso entre as escolas.

Um dia mandou me chamar a seu gabinete. "O que é que ele ainda pode querer comigo?", pensei. Não tinha mais do que se queixar: eu procurava passar inteiramente despercebido. Ficava quieto na aula, entregava os temas em dia, estudava para as sabatinas – enfim, fazia tudo o que se espera de um aluno bem-comportado.

Fui até lá, bati à porta. "Entre", ele disse, em sua voz cavernosa. No momento de abrir a porta, tive uma estranha sensação; achei que encontraria ali o Ernst Dorsch – mas por quê? Para que os dois pudessem gozar em conjunto a sua vitória?

Mas ele estava sozinho. Sorridente, fez sinal para que eu me sentasse. Olhou-me um instante, sorrindo sempre, e disse:

– Estamos muito satisfeitos com você, Juca. Eu, seus professores, seu pai. Suas notas melhoraram bastante, você mudou... Parece outra pessoa. Você é agora um aluno sério, disciplinado. Parabéns. Estive conversando com a comissão organizadora do desfile... Vamos lhe conferir uma distinção especial: você vai na linha de frente do desfile, carregando um dos cartazes. O cartaz com o nome do colégio. Que tal?

– Obrigado. Não quero.

O sorriso desapareceu de seu rosto:

– Como, não quer? Isso é uma honra, você sabe, uma honra que os melhores alunos disputam.

– Mas eu não quero. Não gosto dessas coisas. Prefiro desfilar junto com os outros.

Eu estava surpreso com a minha própria coragem. Agradavelmente surpreso: desafiava o homem, sim, mas o fazia com calma; sem bravata, mas sem medo.

Ele pôs-se de pé. Tremia de raiva; a custo conseguiu conter-se.

– Acho que você não entendeu bem, Juca. Não estou perguntando se você quer levar o cartaz; estou dizendo que você *vai* levar o cartaz. É uma ordem, Juca. Que você vai ter de cumprir. Lembre-se, você já foi punido uma vez, com suspensão. A próxima falta implica expulsão. Você pode pensar até amanhã se quiser. Mas vou ter de avisar seu pai e seus irmãos do que está acontecendo.

Sem alternativa, tive de reconhecê-lo: mais uma vez ele me derrotava.

– Está bem. Eu levo o cartaz.

Sorriu, vitorioso.

– Assim é que se fala. Eu sabia que podia contar com seu bom senso. Prova, mais uma vez, que você mudou. Que você não está mais sob a influência perniciosa daquela mulher que, em má hora, aceitamos neste colégio.

– Posso me retirar?

– Pode. No ensaio de amanhã, você já vai com o cartaz.

E assim passei a abrir o desfile, carregando um cartaz, todo decorado com fitas douradas, onde, em letras góticas, se lia o nome do colégio – e, embaixo, o nome do diretor. Era isto, na verdade, que a ele importava. Uns dias depois ficamos sabendo por quê.

No meio da manhã, as aulas foram interrompidas. Mandaram que fôssemos para o pátio. E ali estávamos, os oitocentos alunos, em rigorosa formação, aguardando, na maior expectativa.

De repente o diretor e dona Palmira apareceram. Subiram no palanque, armado especialmente para a ocasião, e o diretor ocupou o microfone.

– Um, dois, três, testando, testando. Me ouvem? Testando, testando.

Os alto-falantes rangiam e chiavam, enquanto o encarregado tentava ajustar o volume do som. A demora só fazia aguçar a curiosidade geral.

Da qual eu não compartilhava. Pouco me interessava o que ia ser dito ali, por mais importante que fosse. Eu já me sentia desligado daquilo tudo, entende, Chico? Nada mais me interessava.

Finalmente, o diretor se dirigiu a nós:

– Prezados alunos, tenho uma notícia verdadeiramente sen-sa-cio-nal – disse, separando bem as sílabas, à maneira de um locutor de rádio muito popular à época. Os pescoços se alçaram, ansiosos. – Uma notícia que recebi em primeira mão e que muito nos honra. Aos porto-alegrenses, a vocês, aos professores e a mim em particular.

Uma pausa dramática, e então:

– Senhores alunos, quero anunciar que estará presente, no palanque oficial do desfile...

Nova pausa.

– ...Sua Excelência, o Presidente da República Federativa do Brasil, o doutor Getúlio Dornelles Vargas!

A gritaria foi ensurdecedora. Sorridente, bonachão, o diretor olhava os alunos, que aplaudiam delirantemente.

Em um determinado momento, os nossos olhares se cruzaram. Ou acho que se cruzaram. O olhar satisfeito dele, o meu turvo olhar. E ele desviou os olhos. Acho que desviou.

Ergueu os braços, pedindo silêncio.

– Como todos sabem, o nosso presidente é gaúcho. Sua presença no nosso desfile de Sete de Setembro é, pois, uma homenagem à sua terra natal, mas é principalmente uma homenagem a vocês, à juventude do Rio Grande! Espero de vocês o melhor desfile da história do Rio Grande. Não me decepcionem!

E agora, voltem para as aulas. Em ordem!

Voltamos. Em ordem.

No dia seguinte, no mural de avisos, apareceu o programa das festividades da Semana da Pátria. No espaço correspondente ao dia 7, estava escrito: "Desfile cívico", e logo após: "Visita da comitiva presidencial ao Colégio, para inauguração do busto, em bronze, de Sua Excelência, o Presidente da República". Seguia-se uma enorme lista de convidados e lá estava o nome de Ernst Dorsch.

Claro: os jornais anunciavam, àquela época, que a Alemanha nazista estava tentando uma aproximação com o governo brasileiro, uma aproximação à qual Getúlio, apesar de sua simpatia por regimes fortes, resistia. A presença de Ernst Dorsch ali sem dúvida tinha algo a ver com isso.

Curioso: antes de ter tido aulas com Marta eu não me preocupava com tais assuntos. Nem lia jornal. Fazê-lo, agora, pensar sobre o mundo, era uma forma de mantê-la dentro de mim.

Mais uma vez pensei em não participar do desfile, mesmo à custa de uma expulsão. Mas não poderia fazê-lo: meu pai estava cada vez mais doente, o médico nos advertia repetidamente quanto ao seu coração. Eu teria de ir. Como um condenado, mas iria.

•

E chegou o Sete de Setembro. Faltava pouco para a primavera, então, as árvores já todas verdes, a temperatura mais amena, depois do longo e gelado inverno gaúcho. Era um dia particularmente bonito, aquele; tinha chovido na véspera, mas o vento dispersara as nuvens, e o céu se apresentava luminosamente azul. Às sete da manhã já estávamos no colégio, todos, professores e alunos, nervosos, todos correndo de um lado para outro. Quieto, segurando o cartaz nas mãos enluvadas de branco (eu usava um uniforme de gala, feito especialmente para a ocasião e pago por meus irmãos), eu aguardava. Finalmente, dona Palmira – ela comandaria o desfile, já que o diretor estaria no palanque oficial, ao lado do Presidente – ordenou que entrássemos em formação. E, ao som dos tambores e dos clarins, que executavam uma marcha patriótica, seguimos marchando pelo trajeto preestabelecido, em direção à avenida João Pessoa, onde, à altura do parque Farroupilha (inaugurado dois anos antes, no centenário da Guerra dos Farrapos), estava armado o palanque oficial. Ali diminuiríamos um pouco a marcha, o suficiente para que víssemos Getúlio, e para que o diretor lhe dissesse "este é o colégio que dirijo, Excelência", e voltaríamos.

À medida que nos aproximávamos – o Presidente ali, baixinho, sorridente, o diretor ao lado –, minhas mãos começaram a tremer. Tive um pressentimento de que algo estava por acontecer...

E aconteceu.

Exatamente quando chegávamos ao palanque, alguém, uma moça, passou sob o cordão de isolamento do lado oposto, cruzou a nossa frente correndo e, antes que alguém pudesse fazer alguma coisa, desenrolou uma faixa de pano diante mesmo de Getúlio.

Marta, claro. Na faixa estava escrito, em garrafais letras vermelhas: ABAIXO O NAZISMO. Dois seguranças, de óculos escuros, vieram correndo e agarraram-na. Ela se debatia nos braços deles.

Não pensei duas vezes: empunhando o meu cartaz, avancei em direção aos homens e, gritando para que a soltassem, golpeei-os com o cartaz, que tinha uma forte armação de madeira. Num primeiro instante ficaram aturdidos, os dois; mas logo eu estava seguro também. E dali fomos levados diretamente para o distrito policial, no banco traseiro de uma viatura do Exército.

Ela chorava. Puxei-a para mim. Beijou-me o rosto, deitou a cabeça em meu ombro, sem dizer uma palavra. Quando chegamos ao distrito, nos separaram.

Detida para investigações, ficou na prisão durante um mês. Nesse tempo, a mãe teve um problema respiratório grave e faleceu. Liberaram Marta para ir ao enterro; e foi lá que a encontrei.

Estava magra, abatida. Mas, durante a cerimônia, não chorou. Permaneceu todo o tempo de cabeça erguida, um brilho de desafio nos olhos esverdeados.

Pude falar com ela rapidamente. Ela disse que nos próximos dias sairia da prisão. Mas não ficaria no Brasil:

– Vou para a França. Aquele escritor de quem lhe falei, aquele que trabalha na editora, arranjou-me uma bolsa de estudos. Vou continuar pesquisando e escrevendo sobre o nazismo. Mas não aqui, Juca. Aqui é impossível.

O que é que eu poderia dizer? Fique? Me leve com você? Não, eu não tinha nada a dizer. E nem havia tempo: já um policial se aproximava e, tomando-a pelo braço, conduziu-a ao carro da polícia. As poucas pessoas que estavam no cemitério se dispersaram. Beatriz, a professora de Ciências, segurou-me pelo braço, murmurou qualquer coisa sobre ter coragem, sobre a vida continuar.

Pareceu-me perfeitamente idiota, aquilo; uma frase à qual Marta sorriria com desdém. Mas era verdade: a vida teria de continuar.

Não exatamente como antes. Em primeiro lugar, consumou-se minha expulsão do colégio. Foi uma tragédia, lá em casa, meus irmãos gritando, meu pai chorando – mas passou. Felizmente, consegui matrícula numa excelente escola técnica. Onde, aliás, revelei-me ótimo aluno. A experiência que eu adquirira na oficina de meu pai me valeu muito: ninguém era tão hábil nas ferramentas. Quanto às matérias chamadas teóricas, bem, nestas eu continuava fraco, mas não eram consideradas importantes naquela escola. De História, por exemplo, tínhamos apenas uma aula por semana, dada por um velho professor que a toda hora se atrapalhava e tinha de consultar suas anotações. Um dia, não sei a troco de quê, mencionou o nome de Rosa Luxemburgo. Por um momento tive vontade de me levantar e de falar sobre ela, de contar sua vida (nascida na Polônia, emigrara para a Alemanha a fim de lá desenvolver suas atividades revolucionárias). Mas me contive: não havia clima para tal. E, de qualquer modo, a aula estava no fim.

•

Um dia recebi uma carta dela. Carta, não; um curto bilhete. Dizia que estava bem, trabalhando na Universidade de Lyon com um professor chamado Jean-Michel, ainda jovem, mas uma cabeça privilegiada: era considerado uma das maiores revelações na historiografia francesa. Falava mais, sobre a crescente preocupação dos europeus com o crescimento de Hitler e sobre sua pesquisa — o nazismo no Brasil —, mas aquilo já não me interessava, mal li. Só numa coisa eu pensava: no tal de Jean-Michel. Uma súbita certeza se apossara de mim: Marta estava apaixonada pelo francês. Só a paixão poderia explicar referências tão entusiasmadas. Claro, um jovem e talentoso professor, e francês, e talvez bonito, e talvez rico...

É terrível sentir ciúmes, Chico, mas é pior ainda sentir ciúmes de quem você não conhece. Dia e noite eu pensava no tal Jean-Michel. Tentava imaginar seu rosto, para poder odiá-lo mais; não o conseguindo, passei a mirar com suspeição os retratos de atores franceses nas revistas ilustradas. Seria ele como o Jean Gabin? Como o Michel Simon? Era de enlouquecer. Imaginava-me discutindo com ele (como, se em francês eu só sabia dizer *bonjour, bon soir?*), xingando-o, agredindo-o (mas não me imaginava levando uma surra. Para mim, um historiador não seria capaz de bater em ninguém.).

A dúvida, a dúvida. Torturava-me, Chico. Desesperado, resolvi procurar a Beatriz; era a única pessoa a quem Marta poderia ter escrito. Telefonei, ela marcou um encontro no colégio. Foi uma coisa penosa, voltar àquele lugar que evocava tantas e tão contraditórias emoções. Cheguei, como combinado, à hora do recreio, e tive de enfrentar os olhares curiosos de meus antigos colegas. Jerônimo, a quem encontrei, abraçou-me entusiasmado:

– Gostei da esculhambação que você fez no desfile, Juca! Gostei! Valeu a pena a expulsão, garanto!

Fui até a sala dos professores, onde Beatriz me esperava. Não, ela não tinha recebido carta de Marta; não, não, ela não tinha a menor ideia de quem podia ser Jean-Michel. Mirou-me, demoradamente:

– Você está apaixonado, Juca.

– Que é isso – respondi, confuso –, tudo o que quero são notícias, afinal a Marta foi minha professora.

– Você está apaixonado. – Sorria, compreensiva. – Eu sei, na sua idade muitos rapazes passam por isso. Mas siga meu conselho: procure namorar uma menina de sua idade. Senão você vai sofrer muito.

Agradeci e me fui. Mas não, não era conselho o que eu queria. Queria a Marta. Ai, Marta, Marta, por que você se foi? Por que me deixou, Marta?

Trabalhando nas máquinas, eu usava óculos de segurança. Mas às vezes nem podia ver o que estava fazendo: eles se enchiam de lágrimas. O pranto ali coletado daria para formar um mar, Chico.

•

Mas as coisas continuavam a acontecer. Em novembro daquele ano, Getúlio deu o golpe e instituiu o Estado Novo. Logo depois apareceu no jornal um artigo assinado pelo diretor, intitulado “O Estado Novo e a Educação”. “Começou a era da disciplina”, afirmava ele, enfático. Mas as coisas não correram exatamente como queria: depois de uma tentativa de derrubar o governo, os integralistas foram postos fora da lei; logo depois eram proibidas as atividades nazistas. A essa altura, Ernst Dorsch já tinha fugido para a Alemanha, e as organizações nazistas se dissolveram. O diretor acabou perdendo seu cargo, apesar da matéria paga que publicou, reafirmando sua lealdade aos princípios do Estado Novo.

Nada disso eu entendia bem, as coisas me pareciam confusas. Se Getúlio era a favor de governos fortes, por que estava contra os integralistas e os nazistas? Marta teria me explicado tudo; ou nem precisaria explicar; eu, estando perto dela, compreenderia tudo.

Mas ela estava longe. Em setembro de 1939 Hitler invadiu a Polônia e novamente me inquietei. O que estaria ela fazendo? Os jornais falavam em grandes manifestações contra os nazis em Paris; estaria ela participando? Eu olhava as radiofotos, tentando descobrir, entre as milhares de pessoas, algum rosto que fosse pelo menos parecido ao dela. Era tal meu desespero que julguei morrer.

A História continua. A vida também

Mas não morri. Como você vê, não morri. Morre-se de amor? Talvez. Mas não era meu caso. Ao contrário: de repente, eu estava me apaixonando de novo.

Por Diana. Sim, por minha vizinha. Eu a via diariamente, e pouca atenção lhe dava. Mas um dia, descobri, surpreso, que a garotinha de tranças e de grandes olhos escuros que eu conhecia e com quem brincara se transformara numa linda moça. A visão dos seios avultando sob a blusa leve me embriagou como vinho forte. E logo estávamos saindo juntos, e passeando de mãos dadas pelo parque Farroupilha, no meio de tantos outros casais de namorados.

Eu a amava? Não como tinha amado Marta, que não podia esquecer; mas a terna afeição que sentia por Diana era, senão amor, então algo muito próximo. Próximo àquilo que eu via os adultos chamarem de amor. É penosa a iniciação à arte da resignação, mas, depois que a dominamos, passamos a aceitá-la como um componente de nossa vida. Tanto mais que Diana fazia tudo para que eu me sentisse feliz. O fato de eu ter perdido minha mãe muito cedo particularmente a impressionava; com aquela profunda intuição que têm as mulheres, em qualquer idade, percebia que aquele vazio precisava ser preenchido e a isto ela se dispunha, amorosamente.

Com infinita sabedoria cuidou de mim; e seu sorriso era – me perdoa o lugar-comum, Chico – um bálsamo para o meu coração ferido. Sim, passeávamos felizes, indiferentes ao que acontecia no país e no mundo.

Em 1942, o Baependi e outros navios brasileiros foram torpedeados. Getúlio declarou guerra ao Eixo. Um de meus irmãos foi convocado. Meu pai, desesperado, escreveu uma longa carta – cheia de erros, que não permitiu fossem corrigidos ("é assim que eu sou, ele terá de me compreender") – ao Presidente. Pedia que o filho fosse dispensado do Exército, argumentando com sua doença. E assinou no final: "O seu fiel eleitor". Só depois de ter enviado a carta é que se deu conta: Getúlio não estava mais precisando de eleitores. Atribuiu ao que considerava uma infeliz gafe o fato de não ter jamais recebido resposta; e morreu dois dias após o embarque do filho. Meu irmão combateu na Itália, em Monte Castelo; destacou-se entre seus companheiros, foi condecorado. No dia em que voltou, houve festa na Cidade Baixa.

Sim, aquela foi uma época de entusiasmo, e até de fúria. Logo depois que o Brasil entrou na guerra, uma confeitaria do centro da cidade, pertencente a um velho casal de alemães, que eu conhecia, foi apedrejada por uma multidão. Eu estava lá; num determinado momento, espiando pela vitrina quebrada, vi o dono e sua mulher, abraçados, agachados atrás do balcão. A expressão de seu olhar – o temor e a perplexidade, a raiva e a resignação – me fez perguntar: "qual é, afinal, o sentido disso tudo? O que é isso tudo?". Minha adolescência começava a ficar para trás.

Em 1945 nos casamos. A essa altura, já formado na Escola Técnica, eu tinha aberto o meu próprio estabelecimento, a Tornearia Vesúvio. Estávamos naquele surto de crescimento industrial do pós-guerra. Os negócios iam de vento em popa: em determinado momento, cheguei a ter quase cem operários trabalhando sob minhas ordens. Fiz dos meus irmãos sócios na firma. Sim, as coisas mudavam rapidamente. Getúlio foi alijado do poder e voltou para sua fazenda, em São Borja. No ano seguinte Diana e eu tivemos o nosso primeiro filho; e a vida parecia ter entrado agora numa rotina da qual dificilmente se afastaria: os passeios com o menino, os churrascos do fim de semana, o verão na praia...

Pelo menos era o que eu pensava. Mas estava enganado.

Um dia o telefone do escritório tocou. Meu irmão atendeu. "É para você", disse, e acrescentou, zombeteiro:

– Parece uma estrangeira.

Foi o que pensei também, quando ouvi, num português algo hesitante e com sotaque:

– Adivinhe quem está falando.

Como poderia adivinhar? "Não tenho a menor ideia", respondi. Meio irritado: era uma segunda-feira, eu estava cheio de coisas para fazer.

– Não adivinha? – Certo desapontamento, certa ansiedade. E foi esse tom de ansiedade, o tom de voz de uma professorinha que pela primeira vez enfrenta uma turma de alunos que me remeteu de volta ao passado:

– Marta! – Porque era ela, a Marta, a minha Marta; era a

voz dela, com sotaque, por causa do longo tempo que passara no exterior, que eu estava ouvindo.

E logo estávamos, os dois, chorando e rindo (meu irmão me olhando espantado), e falando ao mesmo tempo, e gritando – até que por fim consegui me acalmar, pedi-lhe o endereço.

– Vou já para aí.

Era um hotel. Casa já não tinha mais, e a professora de Ciências, que poderia hospedá-la, há muito se mudara para São Paulo. Um hotel bem modesto; pelo jeito, o dinheiro não lhe sobrava.

Mas nada daquilo importava. Ignorando o olhar suspeitoso do homem da portaria, subi de dois em dois os degraus da estreita escada que levava ao segundo pavimento. Ofegante, bati à porta. "Já vou", disse uma voz abafada lá dentro. Uns segundos depois a porta se abriu e ali estava ela, diante de mim, a Marta.

A mesma Marta: o mesmo olhar penetrante, os mesmos cabelos ruivos, se bem que cortados curtos. Não, não era a mesma Marta; o tempo fora cruel com ela, rugas profundas marcavam-lhe a face, a boca apresentava-se caída. Sim, era a mesma Marta, o mesmo brilho nos olhos. Não.

Que importava? Abraçamo-nos chorando. De repente, o tempo detinha-se; não, o tempo voltava atrás; eu já não era o jovem empresário casado, com um filho; eu era o adolescente despertando para sua primeira paixão, tremendo de desejo como tremera da primeira vez em que a beijara.

Conduzi-a até a cama. Tentou protestar, debilmente; mas desta vez eu não aceitaria recusas; e nem ela queria recusar, acho. De qualquer modo deixou-se levar. Deitamo-nos. A velha cama, de ferro, estreita, rangia a cada movimento; começamos a rir. Ríamos às gargalhadas, ríamos tanto que as lágrimas nos vinham aos olhos. E então ficamos subitamente sérios; ela me olhou e puxou-me para si, e fizemos amor, suavemente a princípio, furiosamente depois; possuídos não apenas pela paixão, como também pela nostalgia de algo que não sabíamos bem o que era, mas pelo qual ansiávamos desesperadamente.

Depois ficamos ali, ela deitada, eu sentado, a mirá-la, enquanto ela falava, contando de sua vida na França – a invasão nazista, a prisão de Jean-Michel, o breve período na Resistência, a prisão, a fuga para Portugal. Era muito o que tinha a me dizer, mas na verdade eu quase não a ouvia. Olhava-a; olhava-a intensamente, como se tivesse – e tinha mesmo – de gravar na memória aquele rosto que durante tantos anos vira só em sonhos.

Sim, ela mudara. Sob os olhos havia agora uma fina teia de rugas. Contavam uma história, aquelas rugas; contavam *a* História, retratavam tempos complicados e sombrios.

– E você? Conte-me de você. Formou-se? Casou? Tem filhos?

Não, de mim eu não queria falar. Para quê? Tudo que me tinha acontecido, tudo o que eu tinha feito não importava; todos aqueles anos correspondiam a uma espécie de existência suspensa, congelada, um longo intervalo entre momentos de real paixão. Ela me ensinara a amar, e me ensinara como tudo deve ser ensinado: sem esforço, por sua simples presença. Como um farol guia o barco perdido, assim me guiara... E agora que a tinha encontrado, não mais a abandonaria. E foi o que eu lhe disse: que pretendia ficar com ela para sempre.

– Não. – Ela levantou-se, começou a se vestir.

– Como, não? – Eu não podia acreditar no que ouvira. Agora que estava pronto para ela, recusava-me?

– Não, Juca. – Voltou-se para mim com aquele sorriso melancólico que eu tão bem conhecia. – Não é possível.

– Não é possível? Por quê? Você tem alguém? Aquele tal de Jean-Michel?

— Jean-Michel? — Ela riu. — Jean-Michel? Não, Juca. O Jean-Michel era um bom amigo, só isso... Não, não tenho ninguém. E nem sei se um dia terei. Mas não é isso, Juca. É que você está enganado. A respeito de nós dois: você se engana.

— Enganado? Eu? Mas eu amo você, Marta! É a única coisa da qual tenho certeza!

— Não: você pensa que me ama. Isso você logo descobrirá: amanhã, ou depois de amanhã, ou daqui a um mês. Não é a mim que você ama, mas sim à imagem que eu represento para você. Uma imagem como a de... Rosa Luxemburgo? Não era a Rosa Luxemburgo que você adorava?

— Que *você* adorava, Marta!

— É verdade — disse, pensativa. — Eu a adorava. Era um modelo para mim. Até que descobri que tinha de construir minha própria vida, não de acordo com modelos, mas de acordo com meus próprios desejos e aspirações.

— E o que é que você vai fazer, então? — As lágrimas agora me corriam livremente pelo rosto. Não me importava: que ela me visse chorar, não me importava.

— Eu? — Deu de ombros. — Vou fazer aquilo que eu sei: lecionar História. Não aqui em Porto Alegre: no Rio. Já tenho contrato com uma faculdade. E acho que posso ensinar muita coisa aos meus alunos. Muita coisa do que eu sei, do que eu vi. Pretendo mostrar para eles que História é a vida, a vida de milhões de pessoas iguais a você, iguais a mim. Que História a gente também faz aqui, neste quartinho de hotel, com uma cama de ferro que faz barulho...

Tive de sorrir. Abracei-a, comovido. E aliviado. Porque — de certa forma — ela estava me absolvendo, me libertando. Renunciar a um sonho de adolescência é algo que não se faz sem dor, e nesse doloroso transe ela me estava ajudando. Muito. A mestra.

Fomos jantar. Depois, ela arrumou suas coisas, e eu a acompanhei até a estação rodoviária, onde ela tomou o ônibus para São Paulo. Depois, voltei para casa, onde Diana me esperava, ansiosa:

– Onde é que você esteve? Telefonei, ninguém sabia onde você tinha se metido.

Murmurei qualquer coisa sobre um compromisso imprevisto. E acrescentei:

– Estou com um pouco de dor de cabeça. Vou me deitar.

Ela me olhou longamente. Teria desconfiado de algo? Certamente. Mas não disse nada: compreendeu que eu precisava elaborar aquilo sozinho. Era sábia, Chico, a tua avó Diana. Era e é.

•

Sim, continuei pensando em Marta. Houve um momento, aliás, em que o fiz com particular intensidade. Foi em 1954, quando Getúlio Vargas, então Presidente, se suicidou. O fato abalou o país; aqui em Porto Alegre, multidões foram às ruas, depredando e incendiando as sedes dos partidos políticos e dos jornais antigetulistas. Andei pelo centro da cidade, no meio daquela gente, e pensando em Marta, naquilo que ela dizia sobre viver a História. Aliás, na carta que Getúlio deixou há uma frase sobre isso: "saio da vida para entrar na História", disse ele.

Uma frase que me faz lembrar a Marta. Porque, graças a ela, aprendi a fazer justamente o contrário: saí da História – a História pomposa, a História oficial – para mergulhar na vida. Que, como ela dizia, é, ao fim e ao cabo, toda a História. Que lição, Chico. Que lição.

O autor

Oi. Meu nome é Moacyr Scliar, sou gaúcho de Porto Alegre. Meus pais, José e Sara, eram imigrantes, vieram da Rússia. Gente pobre, minha infância foi muito difícil. Não chegávamos a passar fome, mas morávamos numa casinha minúscula, sem conforto; eu não podia comprar brinquedos porque não tinha dinheiro para isso. Mas então, dirão vocês, foi uma infância muito infeliz. Não, não foi. E não foi porque o pessoal de nosso bairro, quase todos imigrantes, sabiam compensar as carências com o espírito de comunidade. Todas as noites se reuniam, ficavam tomando chá (que depois substituíram pelo chimarrão) e contando histórias – meu pai, sobretudo, era um grande narrador. Já minha mãe, professora, gostava muito de ler e foi ela quem me introduziu aos livros. Ela dizia: "Somos pobres e nos falta dinheiro para muitas coisas, mas para livro não pode faltar". Eu lia muito, e, porque lia, comecei a escrever. Muito criança, já estava colocando no papel minhas historinhas. O pessoal do bairro me incentivava, meus professores também. No colégio ganhei vários prêmios literários. Depois, entrei na Faculdade de Medicina e aí aprendi a conhecer o ser humano e também a conhecer nosso país. Eu era militante estudantil, participei de muitos movimentos de contestação, vivi o período da ditadura. Isso se refletiu na minha literatura.

Pra você eu conto é um bom exemplo. Falo, neste livro, da luta de uma professora contra o nazismo no Brasil, uma luta que fez parte da minha infância e que não deve ser esquecida: o nazismo pode ter mudado de nome, mas a intolerância que ele representa ainda está aí, fazendo vítimas a todo instante. *Pra você eu conto* é minha homenagem a todos os jovens e ao idealismo que a juventude representa. Este idealismo, acreditem, é a energia que pode mudar o nosso mundo e fazer dele um lugar melhor e mais justo.

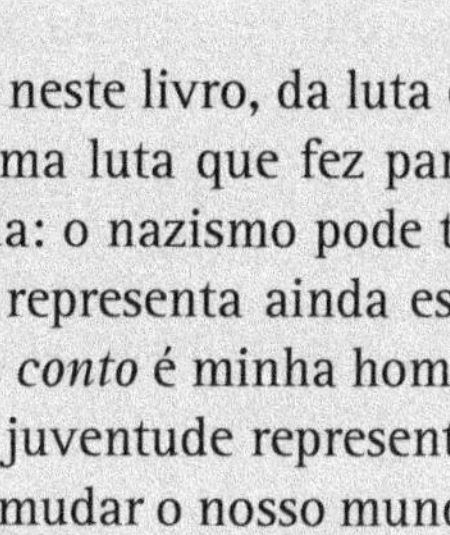

Entrevista

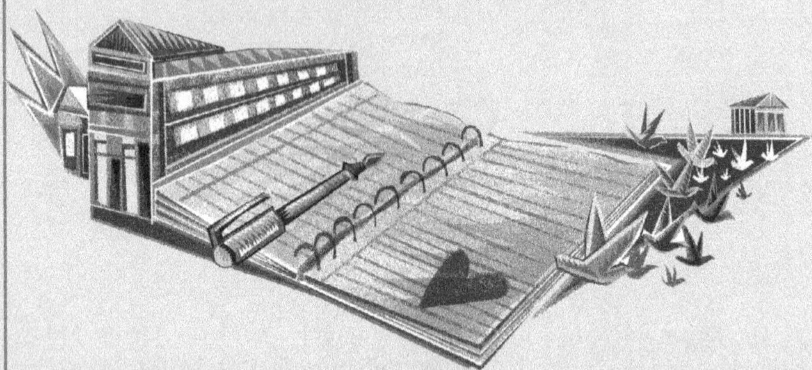

Juca narra a seu neto uma história de paixão: paixão por uma mulher especial, com quem aprendeu muito e que o ensinou a viver a História; paixão por descobrir a razão das coisas e tentar entendê-las; paixão por um ideal. Agora é a vez de você entrar em contato com outro tipo de paixão: aquela que move um verdadeiro escritor a escrever literatura. Saiba mais sobre Moacyr Scliar e sua relação com os temas abordados nesta obra.

Pra você eu conto é uma história de amor; porém, dado o contexto em que ela se desenvolve, a narrativa volta-se também para a luta contra a opressão. Fale um pouco sobre sua(s) intencionalidade(s) ao escrever esta obra.

Eu estava em busca da minha juventude, do adolescente rebelde e engajado que eu fui. Minha geração viveu momentos importantes da história do Brasil e da história mundial. Ainda crianças, vimos a derrota do nazismo, coisa que deu a toda a humanidade a esperança de um mundo melhor. Ao mesmo tempo, o Brasil trilhava o caminho do progresso social e da democracia política. Em 1961 houve, em nosso país, uma ameaça de golpe militar; com a renúncia do presidente Jânio Quadros, deveria assumir o vice, João Goulart, que não era bem-visto por boa parte da elite brasileira. Mas o golpe foi evitado graças à mobilização popular que teve início no Rio Grande do Sul, terra de João Goulart. Em 1964, novo golpe, desta vez vitorioso. Tivemos de aprender a conviver com a ditadura, a enfrentar a

ENTRE LINHAS SOCIEDADE

PRA VOCÊ EU CONTO

Moacyr Scliar

Suplemento de leitura

O tímido Juca apaixona-se por Marta, uma professora que luta contra ideias ditatoriais, enfrentando bravamente o Nazismo que se desenvolvia no Rio Grande do Sul. Em seu relacionamento com a mestra, o garoto aprende a ver o mundo com outros olhos, descobrindo não apenas o primeiro amor, mas também que a História é feita por todos nós. É o relato dessa paixão e da luta contra a opressão que Juca, de forma bastante emocionante, conta a seu neto, Chico.

Por dentro do texto

Enredo

1. *Pra você eu conto* está dividido em oito capítulos. Com um colega, relembre os acontecimentos fundamentais e faça uma síntese deles. Aproveite a atividade para sanar qualquer dúvida relativa ao enredo.

Capítulo	Síntese dos acontecimentos
A nova professora	
A professora como lutadora	
Entro na briga da professora	
Uma conspiração contra Marta	
O momento decisivo	
A luta continua	
A História faz justiça	
A História continua. A vida também	

2. No primeiro capítulo, Juca se refere ao desfile de Sete de Setembro, evento considerado uma "data máxima" do calendário escolar.

9. A escola de Juca reflete o período histórico em que as personagens viveram? Por quê?

Tempo

10. Podem-se distinguir na narrativa dois planos temporais: o plano em que Juca conta a sua história a Chico e o plano em que se sucederam os fatos narrados. Como se garante, ao longo da narrativa, a distinção entre um plano e outro?

11. Releia o seguinte trecho:
"Manifesto? Eu nem sabia o que era aquilo. Democracia, sim: uma coisa ruim, segundo o meu pai; os brasileiros precisavam de um governo que os botasse na linha." (p.15.)

a) Que relação podemos estabelecer entre o pensamento do pai de Juca e o período em que se passa a história?

b) Na sua opinião, ainda hoje, há pessoas que pensam como o pai de Juca? O que você acha desse ponto de vista?

Foco narrativo

12. *Pra você eu conto* é narrado em 1ª pessoa, do ponto de vista de Juca, que destina os relatos a seu neto, Chico.

a) Que efeitos o ponto de vista da narração e o suposto leitor a que se destina trazem para a obra?

b) Podemos afirmar que o título da obra sugere uma intimidade que se transfere de Chico – o neto-ouvinte – para os leitores? Justifique sua resposta.

Linguagem

13. A linguagem empregada em *Pra você eu conto* é mais informal, guardando um certo tom coloquial. O nível de linguagem utilizado é adequado à obra? Por quê?

Temas

14. Uma das temáticas da obra é a opressão: política, educacional e até mesmo sociocultural. Indique quem ou o que representa cada tipo de opressão.

a) Opressão política:

b) Opressão educacional:

19. Os nazistas de Porto Alegre preparavam "demonstrações públicas" em forma de desfiles. Leia o trecho abaixo e discuta com seus colegas a função de tais demonstrações.

"A chave da organização dos grandes espetáculos era converter a própria multidão em peça essencial dessa mesma organização. Nas paradas e desfiles pelas ruas ou nas manifestações de massa, estáticas, em praças públicas, a multidão se emocionava de maneira contagiante, participando ativamente da produção de uma energia que carregava consigo após os espetáculos, redistribuindo-a no dia a dia, para escapar à monotonia de sua existência e prolongar a dramatização da vida cotidiana.

Hitler atribuía grande importância psicológica a tais eventos, pois reforçavam o ânimo do militante nazista, que perdia o medo de estar só diante da força da imagem de uma comunidade maior, que lhe transmitia gratificantes sensações de encorajamento e reconforto. O uso de uniforme, comum entre os militantes nazistas, servia à dissimulação das diferenças sociais e projetava a imagem de uma comunidade coesa e solidária. O impacto da política na rua em forma de espetáculo visava diminuir os que se encontravam fora do espetáculo, segregá-los, fazê-los sentirem-se fora da comunidade maravilhosa a que deveriam pertencer."

LENHARO, Alcir: "Nazismo: o triunfo da vontade". In: *As tropas da moderação.* São Paulo: Símbolo, 1979, p. 39.

20. Com a orientação de seu professor de História, faça uma pesquisa sobre Getúlio Vargas e o Estado Novo. Com base nas informações obtidas, construa uma linha do tempo, indicando ações de Vargas que tenham sido marcantes para a nossa história.

a) Por meio desse desfile, organizado pessoalmente pelo diretor, passava-se uma imagem da escola para o público em geral e, principalmente, para as autoridades. Que imagem?

b) Que relações podem ser estabelecidas entre a imagem passada pelos desfiles e o contexto histórico da narrativa?

c) A referência inicial ao desfile de Sete de Setembro é, de certo modo, recuperada em momento posterior da narrativa, quando ocorrem ações de grande importância durante esse evento. Indique que ações são essas e o que elas podem significar naquele contexto.

Personagens

3. Juca pertence a uma camada socioeconômica mais ou menos privilegiada? Justifique sua resposta com um trecho do texto.

4. Juca sofreu transformações no decorrer da história. O que contribuiu para a transformação de Juca?

5. Em dupla, escreva um perfil de Marta, apresentando-a para quem não a conhece. Para isso, é preciso reunir as informações sobre ela.

a) Relembre situações como a ida ao bar nazista, os episódios da tinta na passeata ou da faixa contra o nazismo no desfile de Sete de Setembro. Que características de Marta são aí reveladas?

b) Procure na obra trechos que possam ajudá-lo a montar o perfil de Marta. Além de características físicas, observe, nas ações da personagem, traços de sua personalidade que são revelados.

6. Em geral, os heróis tradicionais vivem grandes vitórias ou grandes derrotas. Destacam-se do comum dos mortais por características acentuadamente marcadas: a força, a coragem, a esperteza, a violência, o poder, a beleza, etc. Marta e Juca correspondem a esse modelo de herói? Por quê?

7. Comente as atitudes das seguintes personagens:

a) Professora Palmira:

b) Diretor da escola:

c) Jerônimo:

Espaço

8. A história se passa em Porto Alegre, RS. Que fatores poderiam ajudar a explicar a força do movimento nazista na região? Consulte seus professores de História e Geografia para responder a essa questão.

c) Opressão sociocultural: ____________________

____

15. Contrastando com a opressão que permeia a obra, o amor revela-se como uma outra temática importante. Que função o amor desempenha na narrativa?

____

____

____

Produção de textos

16. Imagine que Marta tivesse concordado em ficar para sempre com Juca. Escreva uma carta, assinada por Juca, em que ele explica a Diana que vai deixá-la. Não perca de vista que o suposto autor da carta é Juca. É preciso, então, que o texto seja coerente com os fatos narrados, com os pensamentos e sentimentos da personagem. Lembre-se de que ele gosta da boa e maternal Diana.

17. Escreva um artigo de opinião acerca das diversas formas de opressão que o ser humano pode sofrer.

Atividades complementares

•

(Sugestões para História e Ética)

18. Com a orientação de seu professor de História, faça uma pesquisa sobre o nazismo. A seguir, assista ao filme *O grande ditador* (*The great dictator*. Dir.: Charles Chaplin, EUA, 1940), de Charles Chaplin, e ao documentário *Arquitetura da destruição* (*Architektur des Untergangs*. Dir.: Peter Cohen, Suécia, 1982/1989, Versátil Home Vídeo). Discuta o tema com os colegas.

repressão e a censura. Essas coisas reforçaram em mim a aspiração pela justiça e pela liberdade, e foi isto que me levou a escrever o livro.

Não é incomum encontrarmos nos jornais da atualidade notícias sobre grupos que, de algum modo, tentam recuperar ideias nazistas (grupos neonazistas ou afins, em diversas partes do mundo). Que mensagem você daria aos adolescentes de hoje sobre os riscos do desenvolvimento de tais ideias e sobre o papel de cada um deles na História?

Quem não aprende com a História está condenado a repetir os erros do passado. Por isso precisamos estar atentos, precisamos ler, precisamos acompanhar o noticiário. O preconceito é uma coisa que ressurge periodicamente; sempre existirão pessoas que, por causa da raiva, do ressentimento, dos próprios problemas emocionais, enfim, a ele aderirão. Não se deixem iludir, meus amigos e minhas amigas. Do ódio e da intolerância nunca nasce nada de bom. Milhões de pessoas foram e continuam sendo assassinadas por causa de religião, por causa da cor da pele, por ideias políticas. Está na hora de dar um basta nisso, está na hora de garantir que todos nós temos direito às nossas diferenças, às nossas opiniões, ao nosso jeito de ser.

Marta é uma personagem muito interessante, a quem o leitor só pode admirar. Fale um pouco sobre a construção dessa personagem. O que você pensa a respeito do papel da escola e do professor na sociedade?

Minha mãe foi professora e eu mesmo sou professor universitário. Além disso, minha vida foi marcada pelas coisas que aprendi com meus professores, seja na escola, seja na Faculdade de Medicina. Escola é fundamental, e fico feliz em ver as grandes mudanças que ocorreram no ensino desde a época de minha infância: o relacionamento com professores hoje é mais próximo, mais democrático (lembrando que democracia inclui respeito). Sou um fã da escola e acredito firmemente que, se alguma coisa está mudando o Brasil, esta coisa é a educação.

Sem dúvida, o primeiro amor de Juca foi extremamente marcante, transformador. Como diz a própria personagem, uma "lição". O que você diria aos leitores sobre a importância do primeiro amor?

O primeiro amor é a descoberta, é a revelação, é o êxtase. Posso falar por experiência pessoal: tive muitas e muitas namoradas, estou casado há vários anos – mas não esqueço minha primeira namorada (hoje uma senhora) nem o primeiro beijo que lhe dei.

Alguns adolescentes têm o desejo de tornar-se escritores. Que conselhos ou recomendações você daria a esses jovens?

Pessoal, primeira regra: leiam bastante. Todo escritor é, antes de mais nada, um leitor; a gente escreve para seguir o caminho que para nós foi aberto por numerosos autores. Ler o quê? Leiam os autores que os professores recomendam. Eles conhecem vocês, conhecem a literatura, sabem dar boas dicas. Leiam também os escritores por quem vocês sentem afinidade, aqueles que fazem a cabeça de vocês. Escrevam bastante, publiquem naquilo que estiver ao alcance de vocês: o jornal da escola, o jornal do clube, a Internet – que é uma grande forma de divulgação. Não tenham pressa, porém, em publicar livro; isto só quando vocês tiverem atingido um bom grau de maturidade literária. E entrem em todos os concursos literários que vocês descobrirem.

Seus projetos futuros incluem a elaboração de outras obras destinadas ao público adolescente?

Claro. Como eu disse no início, continuo em busca do jovem que eu fui há muito tempo. E espero encontrá-lo nos meus jovens leitores.

ENTRE LINHAS
ADOLESCÊNCIA

De amora e amor

Elias José

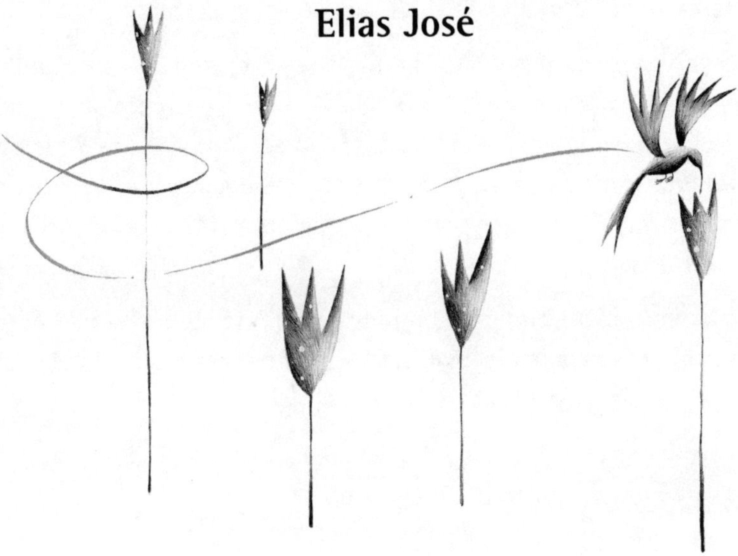

Suplemento de leitura

De amora e amor é um livro composto de oito contos sobre a descoberta do amor na adolescência e sobre como esse amor nos chega repleto de força, intensidade e magia, mesmo que muitas vezes envolto em conflitos e dificuldades, trazidos pelas diferenças sociais, de cultura, de tempo ou de espaço. Essas primeiras experiências são transformadoras e trazem um universo romântico e inesquecível. Vamos recapitular um pouco essas histórias?

Por dentro do texto

Enredo

1. O conto "De amora e amor" mostra dois adolescentes de contextos de vida diferentes que acabam se apaixonando:

   A garota trazia o mundo das luzes, asfalto, ruas movimentadas, passeios em shoppings, *preocupação com a etiqueta da moda e fins de semana em praias. [...] [O garoto] Sabia coisas do tempo olhando para o céu. [...] Curtia os frutos que a terra lhe dava de graça. [...] Sentia um prazer imenso em pisar descalço a terra [...]* (p. 7).

   Aos poucos, porém, esses mundos diferentes foram sendo compartilhados pelos dois jovens. Procure no texto trechos que comprovem essa afirmação.

2. No conto "Carta de amor", o garoto apaixonado nos fala da necessidade de se comunicar com sua "princesa", já que, por morarem em cidades diferentes, não podem se ver na frequência desejada. Para isso, ele se utiliza de dois meios de comunicação: o

Personagens

7. Na maioria dos contos, o autor omite o nome das personagens principais.

a) Cite os contos em que isso acontece.

____

____

____

____

____

b) Na sua opinião, qual a intenção do autor ao usar essa estratégia nesses contos?

____

____

____

____

Tempo e espaço

8. Em "O atraso", o garoto espera sua paquera por um tempo que, para ele, parece muito maior do que o tempo que realmente transcorreu. Por quê?

____

____

____

9. Em alguns contos, o autor descreve a paisagem ou o ambiente em que se passa a história; em outros, ele nomeia a cidade onde se dão os acontecimentos narrados; há ainda aqueles em que não existe qualquer referência espacial. Cite um exemplo de cada tipo.

____

____

Linguagem

10. No conto "A princesa ecológica e o príncipe cigano", os blocos de carnaval mineiros apresentam nomes grafados de maneira incomum pelo autor: Kissarro, Yskulaxadu, Syssytua, Skindô-dô-dô, Kataplá.

a) Qual a sua impressão ao ver essas palavras grafadas de forma a privilegiar letras como o k e o y?

b) Desses nomes, dois podem ser considerados onomatopeias, ou seja, palavras construídas a partir da reprodução aproximada de um som diretamente associado a ela. Quais são esses nomes? A que eles estão relacionados?

Produção de textos

11. No conto "A garota do circo", há duas gerações de uma mesma família – um avô e um neto – apaixonadas pela magia do circo. A história do circo no Brasil e no mundo também se fez por meio de famílias. Faça uma pesquisa sobre a história do circo e escreva um texto criando uma relação entre sua pesquisa e a família do Jorginho.

12. Escolha um dos contos do livro e escreva um "fim" para ele.

13. Em "A princesa ecológica e o príncipe cigano", vemos Marisa descrever em seu diário várias impressões a respeito da festa de carnaval em diferentes lugares do Brasil. Faça uma pesquisa sobre o carnaval e suas principais manifestações no Brasil (as escolas de samba e os blocos, o frevo, o maracatu e os trios elétricos). Depois, produza um texto comparando os resultados de sua pesquisa e as impressões de Marisa.

Atividades complementares

(Sugestões para Ética e Artes)

14. Nos contos "O amor e as diferenças" e "A princesa ecológica e o príncipe cigano", vemos dois garotos expressando seu amor por meio da pichação em muro.

a) Faça uma pesquisa sobre pichação (as leis referentes a esse crime, por exemplo) e sobre grafite (sua história, artistas, obras, etc.).

b) Após a pesquisa, organize um debate com seus colegas sobre o tema "Grafite versus pichação". Posicionem-se a respeito dessas formas de expressão. São válidas? Por quê? Se possível, convidem algum grafiteiro para falar a respeito, mostrar fotos de seu trabalho, assim como indicar algumas obras na cidade.

15. No conto “O retrato”, o artista diz que precisa conhecer a pessoa melhor para pintar o retrato, pois pintura não é fotografia. Na sua opinião, qual a diferença entre essas duas formas de captar e representar a realidade? Só o pintor é um artista ou um fotógrafo pode ser um artista também? O que essas duas formas de expressão têm em comum? Pesquise na Internet ou em bibliotecas trabalhos de fotógrafos como, por exemplo, Sebastião Salgado, e de pintores como, por exemplo, Tarsila do Amaral; use sua pesquisa para validar suas respostas.

Atual Editora